渡澜 著

常俗派

人民文学出版社

图书在版编目(CIP)数据

常俗派 / 渡澜著. -- 北京：人民文学出版社，2025. -- ISBN 978-7-02-019293-9

Ⅰ.I247.5

中国国家版本馆 CIP 数据核字第 2025ST2027 号

责任编辑　朱卫净　张玉贞　傅　钰
封面设计　汪佳诗

出版发行　人民文学出版社
社　　址　北京市朝内大街 166 号
邮政编码　100705

印　　刷　上海盛通时代印刷有限公司
经　　销　全国新华书店等

字　　数　126 千字
开　　本　889 毫米×1194 毫米　1/32
印　　张　7.25
版　　次　2025 年 5 月北京第 1 版
印　　次　2025 年 5 月第 1 次印刷

书　　号　978-7-02-019293-9
定　　价　59.00 元

如有印装质量问题，请与本社图书销售中心调换。电话：010-65233595

目录

引　言 /001
第一次相遇：在冬营地 /003
第二次相遇：在妓院里 /017
第三次相遇：在烈火中 /037
第四次相遇：在大车店里 /056
第五次相遇：在臆断途中 /072
第六次相遇：在齐鲁戈勒 /083
第七次相遇：在供热站里 /100
第八次相遇：在椰树林里 /115
第九次相遇：在蛇肚里 /129
第十次相遇：在列车外 /151
第十一次相遇：在节日里 /179
第十二次相遇：在同一只眼里 /212

引　言

　　我曾认为舅舅那蠢笨的胆识下，隐藏着的是他对现实世界的、充耳不闻的蔑视。他的蔑视体现在日常生活的细枝末节中：比如他丢在地上的筷子、比如他穿反的裤子和鞋子、比如他那些将我吓得气馁的痴言碎语，这些现象里各有各的灾难，它们以同样的力量惊扰着我漫长的童年。他是一位神经性脑萎缩患者，姥姥去世后，他一直和我们生活在一起。这个男人对我和我家庭的重要性毋庸置疑，直到他死去，我才知道他在那副可怕的病容下究竟隐藏了些什么。

　　我和妹妹常见他在院子里游荡，他面容机智，像个头领。我们像小狗一样脱毛，但是他不。无论走在多么滑的路上，他都不会打滑，无论人群多么拥挤，他也稳稳站在地上。他是个端正的人，他来去自如，无忧无虑，他心里有我没有的力量，而这力量是他自由的源泉，但这力量究竟是什么呢？因为脑萎缩，舅舅不怎么使用自己的脑子，他行动，全凭自己的灵思妙想。他是一位不使用大脑而仅凭灵感行事的智者。

　　围绕着我肩膀的,那些卓越成熟的人的眼界广阔无边,他们附和的是猜疑,他们拥护的是幻象。我们一家人常常心神不宁,议论纷纷,千万次渴望厄运的"远离",不想它们总在夜晚突然降临,即便是一颗牙齿的阵痛,也能引发满屋子的抱怨声。我们总是陷入闲散之中,我们不再依靠自己灵动的本能,而只是慵懒地卧在经验之上。每当这时,我那疯疯癫癫的舅舅的美妙的灵魂便会重生,他的魂魄归来,救我脱离沼泽。他改变了我的生活并拯救了我。他慷慨地为我提供了一种不为私欲所蒙蔽的心灵的新可能。我领悟到,一个人真正的品格,并不体现在其一言一行中,而体现在其优雅品格所泛起的涟漪中。他的涟漪影响了我,相比我周围那群魅力非凡谈吐优雅的人,我那早已病逝的舅舅给予了我更多的关怀与协助。

　　舅舅死后,我曾十二次与他相遇。

第一次相遇：在冬营地

舅舅去世的第二天，我们去参加他的婚礼。因为暴雨，阿旺特特河淹了通往萨晋勒富湖的乌兰塔河亚山道。于是我们顺着瓦西札大道走。我们到了林子外租猎狗的地方，遇见帮工多尔博。他常常帮我们放哨，听说食量像是马一样，我们没见识过。他显出一副年轻的笑脸。我们问他婚礼在哪里举行，他就为我们指了一个方向。

我们往山里跑。狗往北走了。西边的是吉雅黛山，有一人提出要送我们上山，她牵了一匹马，却不骑它。她将我们固定在她的手臂与马的缰绳下，防止我们翻下山坡。还有两个帅气的看鸟人也和我们一起出发，不过还没走几步，他们便匆匆忙忙地下了山。天气变得清爽，我们经过一群麋鹿，它们踏行时发出清晰的敲击声，这悠扬的韵律让我们感到心旷神怡。我们在白头鹭和灰雁的群中穿行，踏足于草甸、山鼠和鲜花之间，穿过枸橘和茶藨子的丛林，兔子在草地上欢快地蹦跳，天渐亮，金翅雀、游隼等一一现身，轻轻摇晃它们的小桨，扇动着结霜的高寒草甸。冬天的死亡温暖了花朵，在这无尽的春天里，生灵的歌声初露端倪。山上暖和多了，沿着被淹的山道开满了花：湖岸植物屈曲花、加拉和紫百合，都长着罕见的白色绒毛，叶子边缘偶尔有几个利齿，但绝不会刮伤人的皮肤。在雨水的冲刷下，有着珍珠般光泽的、绿色和芬芳的蒿草趁机冒了出来，它们只是湿漉漉地粘在洋槐树上。我们看见巨大的白色公羊角花也开了，它们的枝丫间到处都有黑色的阴影，在那阴影中我们瞧见了大麻多节天牛，它梳着两条辫子，吃大麻和山杨，头部散布着淡黄色的短毛，复眼下有淡灰色的毛。此外，还有愣头愣脑的阿木尔脊虎天牛。它的额头膨大，触角上长满了厚厚的白毛。我们看它们打架。

　　婚礼在萨晋勒富的冬营地举办，我们到了，才发现这里已经开始推冰捕鱼了。初春的河水还没解冻，冰块碧绿如镜，唤起了许多笑声。饲草还没有长出来，营地里的景色一目了然；人群穿梭着，地上满是水珠，泥泞的春地上鸡群乱飞，天上一只鸟也没有，地上的虫子四处逡巡，工人们呼出热气，远处的人们吆喝着："推吧，推吧。"他们把沉下去的船推了起来，在一个罅隙里，人们瞥出精明的一眼。淡水湖上船来船往，不远处一群戴着帽子的、有远见的人坐在船上吆喝。机器的轰鸣声、狗的吠叫和人们的欢歌笑语混在一起，好像在办集市。湿地上满是人群杂乱的脚印，泥水里还混着煤渣子、鸡毛和鱼的内脏，让人寸步难行。风中的那些来了又走的人，那些湖上忙碌的无名氏，只要你大声吆喝，就一定会有人来帮助你——在这片土地上，人们一定是热情好客的，谁能拒人于门外？

　　新娘就躲在这些人中：她推着装满种子的手推车，和那些断食的人一起走在人迹罕至的路上；她凭着气味辨别方向，追随着下坠的影子；她佯装恭敬，像个受罚的孩子，默默地穿过嫩绿的豆子丛和献礼。一根棉线上吊着羊的尸体。他们还在喊："推吧，推吧。"新娘的勇气被一并投入了那句呼唤中：她那张害怕的、惶恐的脸崭新得像花儿。她声音柔美，长着一张讨人喜欢的梦幻般的脸庞，还很年轻。大家看着她，看着这个年轻姑娘时，便想连本带利地讨来这美态。她曾为这事伤透了心，当那些人的那些话像石头一样沉进她心间，再想往上升可就困难了。她的欢乐越来越少，心中泛起恐惧之潮。在这春日，就在今天，她将刮去胡须，品尝腌肉，畅饮美酒，斟酌思索，蜕去二十七载的烦恼；她将成为快乐的雄蜂，唠叨的满月。我们看到她将手推车靠在墙上，她蹲下身来舀水喝。我们看着这个躲过了诸多不幸的幸运儿，喝着牲口和山羊用过的水，她在尝过水的苦涩后，便从兜里抓起一把糖。这时，人们问她牵不牵

005

挂她的母亲。她不敢松懈地盯着这些人,她厌烦得直发抖,但她未在那力量前败下阵来。

外面开始下起断断续续的雨,雨不大,但巨大的灌木丛发出震耳欲聋的响声。她没有打伞,离群索居者的离群是一种诚意,整天她都闷头干活,她看着重新刷漆的屋顶和墙壁,倾听着叮叮当当的声音,她把一块玛瑙戴在了耳朵上。宝石摇晃着,新娘的嘴唇看起来比昨天的大。

"大雨啊,洗婚房吧。"她唱道,随即拧开酒瓶盖,步入婚房,消失不见了。

一杯茶在外面的堆火中几乎被烧干了,没人去搭理,因为所有的水壶都是满的,装满了红茶、奶茶,还有热汤。屋顶很高,像是一个歪歪的小塔,南边还装了胡桃木的窗户,窗户下面放着楝树的长椅,上面趴着一只昏睡的长毛猫,椅子上还有祛湿的香炉和红木的坚果罐子。房子四周都垫了木板,压着逐渐胀大的春地,有些木板已经破裂了,踩上去咯吱咯吱响。有个红帽子的外租商正在那儿剔牙。他就是新郎。

他看起来像个吉他,颊上凝着冰珠,圆圆的头靠着一条细细弯弯的脖子支撑;他的帽子还拧着,领带也没系好,衣服上沾满了白花花的木屑。见我们过来了,他发出一阵可怕的嗤鼻声:

"注意点儿,孩子们。"

他拍着帽子上的木屑，用自己又大又黑的手摘路旁的红莓，动作敏捷，他把果实倒进了我们的口袋里，又掐我们的胳膊。我们惨叫着躲在屋后。我们问他哪里来的，要做什么买卖，我们问了他好几次，他都装傻，只说他已经说了的。我们这儿的人恨他，在《牧民周刊》这几天的专栏里，他被骂得狗血淋头，周刊说他补种了土地，他把地又种了回去，他的养马人满嘴跑火车，他的马也分不清南北。人们气急败坏地要他走，他嗤之以鼻。我家人也对他怀有敌意，认为他好斗、见风使舵。他们说他个性严峻，不利于我们团结。他要使我们的身体也垮掉了。

但我们为他着迷，因他曾在贸易中被训练过，和别的大人都不一样，他谈吐严谨且合韵律，哪怕僵死了，他的舌头也血流不止。我们在晒网的地方游荡时，能看见他将账本夹在腋下，轻巧地将两艘停泊在一起的船分开，这令我们肃然起敬。他以前是卖猪的，我们隔着养猪场的铁栅栏看见过他。他戴着长长的、黄色的胶皮手套给便秘的阉猪排便，那可怖的场景与他那张没有胡子的天真的脸庞一直印在我们的脑海中。

母亲叫我们爱护正气，镇定心力，不要和他混在一起。这种坦诚绝非毫无心计。心力是什么？我们的心力和气魄在哪里？

"路都被淹了，你们来这儿干什么？"他盘问我们，消磨我们的精力。

我说我们来参加婚礼，他就赶我们走。我们说我们来看鸟，他就哈哈大笑起来。"看鸟？去别处玩吧！这儿可没什么鸟。"他的鼻子和嘴里冒着白雾，嬉笑间他不再推开我们，而是宽慰含蓄地笑了笑，显示出他开放而全无目的的心态。他把我们看了又看。我们被他请进了屋子。

在那间被太阳晒得褪色的婚房里，墙上有被水银毒死的夫妻俩，狗熊就躺在床底下呼呼睡大觉。房子有点儿暗，屋子里头的横梁似乎很重，屋子已经半陷进了地里。所有东西都用布料包裹着，墙上挂着半成品的装饰画，角落里有一个红木衣柜，炉子的对面是一张长床、一个冰箱、一张桌子和一把椅子。还有一些不太碍事的东西，比如一碗杏仁核。屋子里面挤满了人，人多到即使灶火熄灭也不觉得冷。人们欢聚一堂，好不热闹。他们席地而坐，欢声笑语，心无旁骛。

我们看那群跳舞的人，每个人的腰肢都像是拉紧的琴弦，所有人都围着火堆，像是在思量着自己的病症。大家扯着嗓子，拨弄琴弦，跳得筋疲力尽。那些绽放的纤纤玉手，深色的石榴，在婚礼大厅里踱来踱去，怜惜着新郎新娘的心。十几个学生站在房客的床上，宣扬他们的理想。他们手捧刚刚装订成册的《灾难法案》，他们说《灾难法案》规定，每个人都必须经历灾难。"我们都有千手千足,偏把目光投向它。"其中一人巧言讥讽,她穿着校服,用围巾裹着膝盖,脸圆圆的,还长着青春痘,在人前装作很矜持。她正翻看着一本诗集,眼睛微微半开,但脸上带着微笑,仿佛阅读是一件半认真半快乐的事情,她看书,借以自娱。后来她消失不见了。

有人来了,留下钱就走了。

新郎也换上了新衣服,他早早从债务中脱离了,便全神贯注地招待客人。我们围着火炉聊天。他神气十足,看起来如此平整,他的脸和背都是一样的。他说他不能创造任何东西,他只知道如何偷窃和欣赏。他别着腿坐着,谈起自己的父亲的姐姐、母亲的妹妹。他那红红的帽子就放在叠起来的被子上,他用手指掐灭了烛火。他说他们去亚伊德内小峡谷卖草料,人们一直咳嗽不停,他瘸了腿。那片长长的、轨道一样的土地,喧哗将其占为己有。粗尾巴的老鼠四处蹿跳,松果大如象头,姜黄莽撞,猪笼草之间没有间隔,蓬松的鸦雀身体匀称,翅膀强劲,到处都是蓬勃生机。那里长满旗帜一样的青草、草里有吃干花的紫酚虫,更深的地方躲藏着腥甜的鸟卵。蛇在庇荫处动作缓慢,它们甚至没有洞穴,胖成椭圆形,张开嘴巴它们就会自己钻进来。动物们彻夜不睡,从不疲惫。在那片土地上,雨水劝你不要害臊,大风见你也要绕道。路人纷纷放下手中的行李，丢弃家里的钥匙。鹿蹄草和绿绒蒿连根都不剩了，为了觅食而迁徙的动物用牙齿拔干净了路上的所有植物。他们有时卖山楂膏，有时卖干奶酪，有时卖烟草和香料。其间，他们知道风从北边吹来，他们得知了凤凰街的由来，也明白了胡桃树的故乡。偶尔，云彩飘浮，他们就闭上眼睛休息。他说在这个世界里，人的一生是被书写的。想来借着婚礼，他对人生有了新的见解。

新郎说婚礼的不同之处，他说婚礼是一个重温往事的好地方：人们体会曾经发生过的一切，如家人融洽，同胞情谊深厚；并重新开始感受那些原本已经蒙尘的、无法言说的情感与懊悔。他问我们，谁能遏抑婚礼上的思绪呢？湖上的啄木鸟和八月的浪花丛，以及秋天无法躲避的痛苦，都会被人遗忘吗？人们无法改变朗朗上口的记忆，且无法放弃拗口的回忆——它们具有更加虚幻的、强大的、秘密的痛苦，其中不乏启迪，尤其令人着迷。他依次向我们展示温度计上的刻度。我们发现他的胳膊上有开水烫出的疤痕。肉桂色的疤痕高出他的皮肤厚厚一层，看起来像乌龟的爪子。我们问他是怎么回事，他讲道："我正准备剥一头猪的皮，但热水溅到了我的手上。"他话音刚落，就传来一阵干呕声。沿着那堆放着贺礼的狭窄小道，宾客们已经醉倒了，主人盼望着他们各自回家去。收音机里仍在播放着有关巴维科沙漠、小山羊、派桑河、母亲岩和安萨河的歌谣,还传来布亚兹山上跳跃的蛙声、雀鸣、人声。微弱的春日气息让我们心生虚荣。

挂钟滴滴答答走着,风越吹越暖,雨水即将爆裂,浸透整个房间。人们又把蜡烛给点上了。八个瘦得像是纸片一样的人突然从门后冒了出来。他们穿着红皮革的马甲,背着弓箭,胳膊上裹着羊皮,浅色的单衣上镶嵌着沉甸甸的扣子。他们腰间挂着围裙,他们的靴子底是用无花果钉成的,鲜艳的涤纶裤被他们剪成了裙子。他们的舌头上有灰褐色的油渍,他们的嘴巴烫得通红,脸紧绷绷的,鼻音浓重,下巴紧闭,面色苍白如泥雕。他们挑选着餐具,铺平餐布,在烛火和浓烟中行动,生硬地将食物端上桌。

美味佳肴令人陶醉。栗子南瓜拌着韭菜,盘子里有炸豆腐条,一大瓶红豆酱被打开充作番茄汤;海带汤里掺了莲藕粉、八角和黑色的玉米穗;厨子们带来的黄土豆和黄面面条上面都是小指厚的蒜末。牛排上没有放蒜末,肉质湿润的牛肉中间都夹着一种奇怪的香料,我们从没见过;还有蜂蜜和糖装饰着的五颜六色的面包,上面烧出了漂亮的图案;米饭被浸泡在雨夜芳香的湿雾中,圆滚滚的小米就像是金珠子,人们拌着红糖和糯米、白奶油和芝麻酱一起吃;玻璃碗里排着切好的菠萝和哈密瓜，其他的水果都没有切开；碗旁放着闪闪发光的油炸糕点和捏成小鸟形状的油果，肚子里塞满了桑葚和白糖、草莓、萝卜叶、甜味香料等；还有江米饽饽，它们全部都用黄油炸过；煎饺和炸羊肠随便摆在桌腿旁，因为桌子已经放不下了，猫从头到尾自然地吃着这道菜。刚才有人在慌乱中弄翻了辣椒油，每个人都掉了眼泪，油里光秃秃的干料浮在桌面上。还有猪肉，可是尝起来像是鱼肉，宾客们左躲右闪，把肥肉就着红枣与鸡蛋一起嚼。鱼骨、豆子、断绳和熏肉在漫长的冬天后也没有被遗忘，依旧整整齐齐地摆在桌子上。这么多的美味佳肴从何而来？

钟表还在响，用人们用烘透的帕子擦我们的脸。我发现他们在闻我们的味道，确认我们是不是食物。妹妹变得木讷沉默，好像给什么东西吓坏了。她坐在椅子上，拿勺子搅她的酸奶，还用手抓了一大把炒米，有人趴在桌下，吃她不慎掉落的残渣。新郎从她那儿取了一颗海棠果，咬成两半，发现里面是烂掉的，仍然不慌不忙地将另一半也塞进了嘴巴里。他目不转睛地看着前方。放眼新事物，我发现他是身经百战的食客，他吃什么都得体。虽然他来回说了很多话，也奇妙地不会给人以陈词滥调的印象。

在萨晋勒富湖湖畔，冰块碎裂，池水融解，我们和我们的新人在一起，我们品尝美味佳肴，他解开婚服，我们抚摸他柔软的皮肤，我们怕唱起歌来，他说他曾打开无边沙漠的所有密室，他说千千万万个北方人用爱抛弃了他，他谄媚，他振奋，我们感到肚子里在燃烧，腿在颤抖，有人在火堆之间玩捉迷藏，成了我们的冒牌货。新郎翻开他的嘴唇，我猜他念了一段咒语，有些符号能像琴弦一样清晰。他龇牙咧嘴的时候，原来的笑容会出现在他的脸上——他的脸上没有新的笑容，只有原来的。

这沉闷的一幕莫名其妙地唤醒了我们的欲望，我们在享受一种崭新的体验。

他说，因为我们在这里，他做了很多工作，却没有感到劳累。他想让我们跟着他。他说他依赖我们，我们在这里，他就觉得心有了存放的地方，他说他把自己的心放在我们这里。我们说他的心还在他那儿呢。他的眼睛到处盯着，四处打探，他能看穿所有人的肚子。我们说我们要跟着他，当他的学徒，跟他学怎么挣大钱。他说我们可以从一只睡觉的猫、一只鸟或是一棵草那里学到更多。他只能教会我们人是怎么自讨苦吃的。谈话间，姑娘们挨了过去，发现他乳头内陷但胸脯高耸，身上沙子混着汗水，让他看起来比果肉还要甜。"倘若我不忠……"他心神不宁，看向新娘，继续高声说道，"我就把耳朵割下来给你。"

一些浆果留在巢中。这里离湖畔不远,柴火味掩盖了水草、脂肪和鱼的气味,但人们依旧会被迷惑。因受到诱惑而迷失方向的人们在黎明时分聚集在湖畔,躺下小憩一季,当他们在夏天或是冬天醒来时,就发现自己找不到回家的路了。姑娘们越挨越近,她们还在唱,她们慢慢感觉到自己在胡言乱语,只是为了引起他的注意。他求她们杀一儆百,她们说他真可怜,他会的那些都没有派上用处,他要是晚点儿来,人们就睡了,他就能接着干他偷鸡摸狗的好事。他哈哈大笑起来,蹲在水池旁洗手。看见他那张孩子般可爱的脸,人们亲吻他,发现他的面颊不是平滑的,而是布满了刺人的小毛,好像是一只松鼠或是老鼠。人们频频试探他的底线,最终发现他是个好脾气的人,他不停地抱怨,但这抱怨是敞开的,这抱怨让她们得以趁虚而入。他们不吃饭了,他们靠在一起说悄悄话。

新娘分外质朴,分外天真,她不去听那些私语,嘴巴贴在枕头上打鼾。这事也许她早就琢磨过了。于是我们询问她,我们该如何不去牵挂我和我的身体?那比乐趣与财富更好的究竟是什么?

"好好看着你眼前的。"她说。

晚餐结束,人都散尽了。春天已经为我们开辟了新的领域。我带着妹妹回家。在那边,蓝色的电缆在为自然母亲输血,哪怕夜幕，所有这些都不会像往常一样消失。借着路灯的光，我们又发现了更多也更清晰的颜色。我想，不是黑暗，而是五光十色令我们萎靡。夜晚的花朵闻起来如此甜美，花的香味不为光所驱散。两棵闻起来发酸的树将枝条轻轻垂在坡上，树上的月光邀我们降落。鸟儿归巢，露营灯下，我们发现很多墙壁都被雪压塌了，乱哄哄的人群正将前年的东西都收拾到一块儿去。工人们在外面烧沙子，凑近那些锅子看，里面的沙子像是水一样咕嘟咕嘟沸腾着。房子外面挂着的都是小孩子的尿布，五颜六色，像是联合国外飘扬的国旗。四处没有树木遮掩，月亮已经要升起来了，但是这里黑黢黢的。在一个鲜红的花垫上有人煮了满满一锅牛肉，白脂浮在上面，肉的香气打碎了碗碟，他们用像是从画板上刮走颜料那样优雅的动作来刮走锅里的泡沫。小径外，森林寂静无声，森林在寻找星辰。

我们发现众人围着一头猪。它是我们的舅舅。它在地上胡言乱语，一条胳膊从绞肉机里掉了出来。所有人都视而不见。过了好久，才有一人走过去将它的脚也塞了进去。它原本又白又胖，现在却红得像是一块烧红的炭。它的肚皮高高鼓起，它的肌肉过于沉重和狡猾，只向人们表现出天真无邪的一面。屠夫们用酒精和香油摩擦它的皮肤，擦它长长的喙，擦它圆润的头，他们将手掌塞进它的后背，摸到了虫子一样鼓起来的长疤，它摸起来烫手，死人在渴望它闪闪发光。他们擦了无数下，可几乎碰不到它，它像大海一样巨大，漫无边际。

当屠夫的手拂过它的双腿时，月亮终于升了起来，水位上涨，淹没了瓦西札大道和旁的一切小道。泥泞中的蛤蟆们在此时已经呼唤得精疲力竭，我们回不了家，只得在此留宿。

第二次相遇：在妓院里

登森姨妈在奈木克经营着一家奶制品店，每每我们前去拜访，她都会捎给我们一大袋干奶酪和黄油。在那处昏暗狭窄的店面，仅有三座木制货架，上面陈列着坚实的奶豆腐，以及一大箱瓜果，散发出发酵的酸味和水果的香气。角落处，老旧的冰柜里堆放着新鲜的牛奶、湿奶酪和罐装黄油。店铺墙上挂着四张泛黄的海报，上面写着"**团结一心，战胜登革热**"。每当午后来临，香椿木货柜上的小金橘便开始显露出腐败的迹象。它们发出趵趵声，渐渐软化，脸颊涂抹着通红的色彩。姨妈毫不留情地下手，像摘蘑菇一样把它们挑出来，投入不锈钢锅中。有时姨妈会绕着货柜走一小会儿，人们把握住时机聚过来扒着窗户看她。门把手上的迎客铃叮当叮当响，他们趁着她眨眼的间隙，偷她的鞋子穿。姨妈的店铺里总漆黑一片，她被金橘枝绊倒，在夜晚与偷窃交织的梦境中惊醒。她修剪葡萄藤，不慎在我和妹妹的耳朵上剪下三道口子，每一道如同小虾米那般长。

天亮了，姨妈带着我们去妓院。

我们经过一幢彩虹色的房子，墙上刻满了井字，门口有人在卖报纸，里头供应冰淇淋和白开水。堆放于门口的细长的桃核、明亮的果皮，还有看起来像刷过油漆的绿叶都香得令人陶醉，它们太完美了，让人一眼就知道是假的。一种惊诧的心思在我们心间漫开：篮子里的红苹果看起来血迹斑斑，葡萄则紧密相连，三只金黄色的香蕉身上连一块黑斑都没有，筐里的柑又大又重，桃子覆盖着柔软、栩栩如生的胎儿般的毛发。但都是假的，都是假的，没有一个是真的，这一筐假水果就够我们怕的了。我们吓得几乎要逃跑，感到既兴奋又沮丧。烤香料的人难免会受到这种假香味的影响，甚至连鸟儿也在花落时鸣叫，以免被果实利诱。这些塑料果实是庆典的一部分。我们被要求尝一尝潮热的苦味，从屋中走出，然后往远处看：我看到了变形的红丝绒、金银珠宝、蔗糖、蓝色的大理石、捻过的骆驼毛，还有一根白色的柱子，它支撑着一位深邃的读者。我们来到摆放贺礼的帐篷，人们躲在下面涂抹精油。帐篷的天花板是用南瓜叶做成的，柱子是用晒干的甘蔗做成的。门开了，我们径直走，木柴和水早早就准备好了，脚踏新刷上去的木器漆还在闪闪发亮。

一个和我们年龄相仿的男孩来接引，他牵着一头羊过来了。

他是妓院的男佣，他太容易想家，留着顽童似的短发，有一个小扁豆样的鼻子。他检查了屋子里的所有东西，骄傲地说自己是历史的创造者，但他只有一个人，数量太少了，以至于他不得不投身于诸如宵禁、鸟食、脏抹布、锅碗瓢盆之类的琐碎事情。那些喧哗的电铃或锋利的刀具仿佛是他手中的玩具。他还能在一个狭小的房间里洗羊的蹄子，而不弄脏自己的裤子。他说他可以用谎言带来好的结果。他还为我们栽了一个真正的棕榈树，但是上面没有月亮。

他洗完羊蹄，又去给一个遮遮掩掩的男妓洗脚，这人是我们的舅舅。

我们都以为他是假人呢，他不是假的就是白头翁。他坐在我们对面，满脸笑容，眼睛像狗一样灵动，他一只手夹两根烟抽，穿着紫红色的大斗篷，腰间围着一个彩色的包袱，他有一块已经停了的手表、一枚镶有明亮宝石的戒指和味道好闻的银手镯；脖子上挂着球形的鞑靼贝壳。他那奇长无比的阴茎，一直来到他的脚踝上面，刷着一圈一圈彩色的油漆；他的耳朵里灌了硅胶，看起来像一只小猪。樱桃的香味渗透到他的手肘和手臂，叫人不敢凑近闻，他偶尔留下蝴蝶般飘忽的影子，你怎么能给他一个主题呢？人家说他美，他从不搭腔；人家劝他漱漱口，他就裁起报来。后来有传言说我们偷了他的东西，还拿去卖了，乡亲们说的都是不实之词。

他快死了，就托人叫姨妈来为他准备后事。我和妹妹坐在台阶上，听他们谈到了钱和丧葬用品，他求姨妈找人来给他唱歌。他的嘴唇碰着她的嘴唇，像一头发怒的公牛。他抚摸着她，羞辱着她，但没有留下任何痕迹。晚上了，他们又接着谈论丧葬，彼此埋怨，说您遭刺伤与泄漏的灵魂喂养了一群伪君子，您和一切的可怜人一模一样，你们没有区别，只不过伪君子在您这儿细嚼慢咽，在别人那儿狼吞虎咽。她环住了他的腰，他弯了下去，然后头顶住地板，说一件新衣服、纸币、碗筷，还有果脯和香油，他躺在自己的床上，分开他面团般的、白皙的大腿，他似乎长着狮子的牙齿，似乎喜欢吃熏肉。南方人给他送去了无花果和美味的橘子酱，他一概收下却未送还任何礼物。

我们明白，不是挫折，而是幸福为他带来了韧性。为此人们依赖他，人们爱上了他。人们追上这个很有派头的男人欢歌笑语。只要摸摸就知道，血管连接着他的头骨和脚底，确保生命畅通无阻，他看起来没病，可他如何成了死亡的化身？

姨妈走了，她把我们留给他。那顽童只在忙活自己的事，我们便和男妓一起玩。不论天有多黑，他都深情地向我们打招呼："看你多高兴，看您多满足，这是我们的财富，"他举起我的手，拍打我的另一只手掌，"请把我当作你自己的孩子来爱。

但不要占有我,别将我认作你的奴仆,让我随自己的心跑吧!"他喝冷茶以缓解腹痛、控制食欲,他在地上画出一条条横杠,他让我们把钱放进横杠里,直到所有的横杠都被填满。他身上画着荡漾的波纹图案,我们为之震撼,他说自己深受生命之苦,希望我们指点迷津。他担心的不是挫折的可能性,而是死亡与好运之间的和谐。我们迷恋他身上的潮湿气味,热带诸神也可以依附于芳香、数字和流动的血液。他是流动的,但他是芳香黑名单中的一员。

"试试烟熏。"我们提议。

他听到了。作为某种补偿,他没有说太多。这个没有被晒干和纠正的怪人湿漉漉的,像水一样,他拿着一根弯曲的棍子,上面粘着一排海藻,月亮在他身上落得很低,这使他看起来像是一匹油亮的马——那白牛般涌起的背,像乌鸦一样轻盈的胸部,虔诚的脸颊上泛着邪恶的红色,两条泥泞的大腿遮住了心脏,人们漫不经心地走进他的房间,人们淫荡而尽情地挨近他,仿佛他是一小瓶敞开的春药。月亮是春药的原料吗?他看起来又灵活又谨慎,我们感到亲切万分,不由得幻想他劳动时、休息时的面庞。我们走过去拉了一下他的拐杖,他就跌倒在床上了。

我们也躺在那儿,盲目探索着,看他肉感的躯体、疲软的神态。我们感觉热浪滚滚、密不透风,那金色的蚊帐荡起层层涟漪，蚊虫、蛇、蝎子和蟋蟀游荡在其中，它们不清楚该藏在哪儿好。他那奇长的阴茎恭敬地铺在褥子上，像一条肉蛇，他用手指在上面比比画画，又把金子垒在上面。他说他快死了，多么荒谬。碎石钻进我们的肚子。熏香和精油都被打上了死结。我们把智慧想成幸福。热带在夏天的哪里？又在冬天的哪里？他告诉我们一个奇妙的配方，只在我们的耳朵里说：铂金、石膏、蛋、松果、蜂蜜、豆瓣、丁香、玫瑰油、刺桐树、仙人掌、颠茄、狼草、马齿苋、蜘蛛、麝香、大麻籽、大蒜、蒙古韭菜、蝴蝶、盐、肉桂、油膏、巧克力和咖啡豆，由一个阳痿的男人来调制。我们询问这神奇的药水有什么妙用。他说它曾许诺过真实。

人们在这里烧香和蜡祭奠他，他便突然变得紧张，他的脸都皱了起来，他慌乱的心跳声充斥我的耳膜，沸腾的热茶也没能温暖他的心。寒冷的夜晚向他撒去冰冷的一眼，星星正在窥探他心中纷乱的思绪。他的指尖痉挛，面色苍白，男佣以为他感到寒冷，便将厚厚的毯子盖在他的肩上。他裹紧了毯子，沉默着，似乎只为避开此时的凌乱。人们留下他一个人痛苦地煎熬着。他那疯疯癫癫、魂不守舍的声音不间断地传过来：

"我真的傻到让她知道我爱她吗？"

我们试图回忆往昔美好，却察觉到心中正盖着厚厚一层雪。

我觉得不祥，又觉得为时已晚，莫非是因他可怕的神态？他郁闷的神情冷得高耸起来，他的苦闷为何变得威武雄壮，让人瑟瑟发抖呢？他的脸庞暗澹无光，他满脸的胡须和褶皱；他一生与马匹为伴，从未厌倦马粪味，他是个庄重而有分寸的人，此时却变得冷漠而麻痹；他仓皇的面容上唯有鼻翼肥而苍白，此时正在无助地扇动着空气；他的舌头和胸膛似乎被一条漆黑的绳索牵引着——他将要开口向我们提问，可这要发问的却不是他本身。我猛然间嗅到了世间种种恶臭，感到烦闷和恐惧，在烛火的动荡中，我看到一片黝黑的枯叶掉进河里，顺着流水，它流入一片茫茫无际的黑暗之中。男佣让炉子旺盛地烧了起来，我却只觉得越来越冷。我看向妹妹，她一声不响地跟着我，不约而同地，我们有了一种惊惶不安的猜测：他接下来的举动将为我们带来数不尽道不明的磨难。他便开始吐露衷情。

"姑娘们，我想请教你们一个问题。"

"请问吧。"我们不情不愿地说。

火快要灭了，男佣觉得酒气渐凉，便灵巧地起身去添柴。当男佣盖上炉盖时，当那些烟雾消散之时，他才开始他的言谈。

"孩子，您看着我……但你不用自私的好奇心来打扰我，你不去钻我所有的私事，您与那些斤斤计较、患得患失的不一样，您不在我背后议论我，你不会太善良或太刻薄；你不会默默地离开我……"

"您要问什么?"

"你爱自己吗?你们爱自己吗?"这就是他的问题。

我们诧异不已,我们沉默不语。他把我们拉过去,隔着蚊帐亲我们,他太容易长肉,但无损他的性感,他还留着自己小时候在易拉罐里烹鱼的技术。他原本抽着烟,说着一些叫人发懒的话,可今晚他思路清晰,逻辑严密,谈吐优雅,他问我们爱不爱自己,他仿佛一个老师,我们为此感到惊讶,他简直变了一个人。

"我爱自己。"我们说。

"我也是,"他说,"对,咱们这儿的音乐、花卉、湍流见证了我们的努力,咱们拥有伟大的美,我们坚信普世真理,然后我们转向连魔鬼都感到惊讶的混乱与麻木。但你们不爱我,你们厌倦我,却并不打算拯救我,那你们为何而来呢?你们来自一株植物,作为植物你们爱世人,你们爱所有小虫,但是作为鬼魂,你们有多少爱?你们是狼,我是老鼠。"

"您在谈爱?"我们惊呼。

"对,我在谈爱。姑娘们。千千万万的梦中情人,心中都背负着一个扑朔迷离的念头,我们被这个念头粗暴地推到谷底,这个念头就是爱自己,与自己谈情说爱。您要知道,有人渴望磋磨我们，有人以折磨我们为荣——爱也是其中一员。我想，如果我沉溺于恶习，若是死人居住在这些恶习的边界上，那我一定要驱赶它。我不想安息在这些罪恶上，我将以美德站在边界之上，我想以美德居住在这片土地上。我不惧怕它，我不怨恨它，我要招待它，我要服侍它——我下定决心我要服从它，我要受辱，这就是我的美德。"

"那是什么？它是什么？"

"它就是爱自己。因为我爱自己，所以我要死了；因为我爱自己，所以我只能是一粒沙子……一粒沙子。"他说。

我们发现一片黑黝黝的阴影从他身上撤下了，这黑影顺着炉火和月光律动。它仿佛是一位久病虚弱的人，它贫乏的振动妨碍了我们的思索。他咳嗽起来，他把心捏得更紧了，有一些事物刺痛了他。我们哑口无言，只能观照自己。我提醒自己想想母亲，但是她那宁静可爱的眉目已经变得模糊了，反倒是男妓那张愤怒而火热的脸俘获了我们的整个身体和灵魂。他的嘴唇微微颤抖着，他从蚊帐里探出脑袋，他吞云吐雾，警告我们不要绊倒在他的阴茎上。他耳朵里的硅胶已经开始发霉了。他的鳃空前膨胀。月亮升起，他的身形骤然变得丰满，他的胸腔中弥漫着春烟浓雾，人们正在为了节日而屠宰牲畜、架起锅灶，这是阴谋的节日，这是谋杀。我的心狂跳，我感到疼痛，但在这种疼痛中竟然有快乐，这快乐麻痹我，是快乐把我拉进他的胸膛，这邪恶的快乐让我沿着黑暗的河流而下。我要去哪里？我们早已昏头昏脑。

"她骂我是白眼狼，我也时常怀疑自己，也许我真的是个白眼狼。她的确是希望我变得更好，这难道不是一种爱？我现在糊里糊涂，吃了不少苦……我搞不明白谁对谁错。这就已经与爱背道而驰了。"

"与爱？"

"对，我们在谈爱。我们没聊别的。我知道他们怎么说，他们说我只有爱，因为我妈妈死时只给我留下了爱。有人有房子，有人有珠宝，有人有羊群；只有我，我只有爱！他们说我终日流连于妓院，说我的棒子弯弯曲曲，说我的阴部又肥又小，说我把血淋淋的心放在大洋洲，他们说我是女人的精子。他们冲我这般叫着，说我想要那块肉，想要在海湾停几辆车，想要个摆着花盆的双层楼，想要静静地等待着日光的抚慰。我知道他们怎么说，他们说我只要爱，所以当了男妓……我爱自己。"

屋外热浪翻滚，人们一个劲儿地呻吟，但屋子里一片死寂。我们原本静悄悄地听他倾诉，直到他开始吞吞吐吐，我们才回到想象的脊梁上。沿着破碎的圆圈，我们想让秘密的鼓声传出来。只可惜他已经感到疲倦：

"孩子们，我想要的是安宁。但我怜爱自己——这自怜让我变得柔软了吗？我变得越来越小，越来越硬……"

"爱自己有什么错？"

"没有错。"

"那您就继续和我们聊聊宁静的心。"

"您要我如何开口呢？我如何用声音来谈论宁静？"

一听这话，我们震撼，不啻当头一棒。反观他呢——他呆呆地不知在想什么。仿佛一块巨石压在了他的身上，他驼起了背，胸前压出深深的皱纹。

"我只是想稳固自己，我一直在执着地崇拜自己，你们也是，"他说，"春天的梦唤醒您的心，还有与之相伴的别人的心。您也会爱上自己吗？"

这个问题他反反复复问了很多次。

我们刚要开口，他打断了我们。

"……其实我恨她。"他低着头点着桌子说，仿佛上面写着字。他的烟都抽完了，男佣睡了，没人给他拿来新的。他的脸胀了起来，嘴唇也开裂渗血，他那干涩的、愤怒的微笑成为他脸上的可怕针脚。

"为什么你恨她，死前却叫她来？"我们问。

"因为我们是爱人。"

"为何一对爱人会互相仇恨?"我们追着问。

"因为他们是爱人。你要是个活人,你就要死。你要是个爱人,你就要恨。"

"瞎说。"我们看到他的眼泪。

"你们会懂的。"

"如何不去恨我们爱的人?"我们问。

"谁都别爱,谁都别稀罕。"

"这难道不是怠慢了他人吗?"我们问。

"谁在怠慢他人?"他说,"就是这么一回事,仔细想想。"

"你要我们抛下一切?"我们胆战心惊。

这恐惧令舞台变得更像舞台。他似乎要摒弃,似乎要心醉神迷,但和谐的远景与故乡的回忆缓解了他的混乱:"不,不对,不要抛下你们的柔情,那可是好东西,无论人们如何轻视它,您都不要忽略它。若是失去了它,你就要麻木,若是你麻木,你就要鄙俗,然后你就要和他们死在一道儿了,不久,又要回到这个臭水沟里。——姑娘啊,一切都依靠着爱的力量啊,没准儿太阳也是靠着爱的力量才转动的。我们的生活各有各的缺陷,想想,有多少人是在死之前便死了呢?多么好,你们永远记得彼此。"

他说爱不是恐惧与虚妄的缺失,而是它们的相合。

"我们明白了,你怕它。你害怕爱。"于是我们说。

"我不怕它。"

"这是好事?"

"也许吧,也许你将引来那些你害怕的东西,你吸引它,你经验它。你要是真有本事,就迎接它。"

"你也会迎接它?"

"我忘不了她。"他说。

"您恨自己吗?"

"我怎能讨厌我自己呢!"他惊讶,并呻吟起来,他的声音很大。

他自顾自地唱起歌来:"姑娘们啊——我们亲吻的是一朵花,鼻子里闻到的却是苦涩的药香。我们岂能背离了丰收的精神,背离了八月?我不能厌烦我自己,因为只要我存在,我就是美的——娃娃们,我们存在是为了感知美!这里的一切,海洋、天空、山脉和羊群,甚至是我经过的微不足道的小池塘,都是美丽的——而且是伟大的!而它们想要感知自己的美和伟大的唯一途径就是通过我;它们通过我明白了自己的美与伟大,所以我是必不可少的,我必须感知美和伟大,这是我与生俱来的责任。我为我的生命与它的消失与复活而感到自豪。我们是人,我们生活在土地上,很多的文化都只信任四季的变化而忽略了人的变化。这个世界的历史是普通人过着他们的生活，我也是普通人的一员，我因此受益，在我死之前，一切都会有完美的解释，我不会带着疑问死去，我将复活，并继续活下去。我为自己的生命感到自豪。我怎么能讨厌、厌烦自己呢？"

他又瘫倒在铺上。我们给他倒了一碗茶。炉子里火焰舞动，发出有趣的噼啪声。暖烘烘的橱柜里放置着各种调味品和香料。五香粉的浓郁、大蒜的辛辣和韭菜花的清新交织在一起，让人垂涎欲滴。他又变得低沉，他咳嗽了一声，接着说："越来越干。"

"什么？"我们问。

"早晚大海要干了，羊水也随之干了，婴儿们干成小虫，人类完蛋了。姑娘们，我们已经完蛋了。您心里对我有怜悯吗？你们心里也许在想，我们可怜哪个你呢？可能某个早上醒来，我就变成完全另外一个人了。"

话到心头，他眉头一阵抽动，瞪大了眼睛："我知道，我说的是爱世人的大道理，你们觉得我虚伪？您真是这么想的？您觉得我没有尊严吗，因为我赤身裸体？谁说的？您心中对我没有一丝怜悯，您惧怕我、憎恶我，您认为我没有尊严吗？水鸟们会照顾我们吗？它们会教我们认识天空和大地吗？你认为小鸽子会喜欢我们吗？猎人对他们的猎物毫无用处，对吗？猎人对猎物有用处吗？您想过这个问题吗？疾病对我们毫无用处吗？我已经决定搬家了，我不让病离开我，姑娘们，我下定决心——我自己离开，我正在摆脱自己，我从它身上搬走。我要搬家了，姑娘们，我把我自己搬走，我得唱起来。"

"您在唱什么？"妹妹问。

他模棱两可地说："咱们喜怒哀乐都要唱。我们都是跑了半辈子的刽子手。哎，孩子们，无须忧愁，是影子在生病。我当然会唱，哪怕我病了我也要唱，太阳也是阴天的一部分，病魔总是在你垂头丧气的时候袭击你……我说的话你们别放在心上。也别赖在我这儿不走。你们走吧，你们可怜我，但无济于事。"

"爱总是狡诈而虚伪的吗？"我们急忙问道，但他只是摇头，解下了蚊帐："我是如此爱你，让你如此困惑。"

他翻了一下抽屉，取出了一点儿罂粟膏，没有开水，他将它们捏烂放进了自己的酒里，喂给我们喝，我们感觉肚子里有一团火球，我们不再发颤，头重脚轻，昏昏欲睡。起初他睡在外面，后来我们好奇得不得了，把他叫进来躺在我们中间。他总是窝在床沿，猫一样舔着我妹妹的脚底，叫她噩梦连连。一天里他要变上好几次：他的眼睛有时鼓起来，有时缩回去；有时嘴唇压在一起，有时又分开；有时很胖，有时很瘦；有时左边的头秃了,有时右边的头秃了,真是奇妙。他的眼睛半眯着,鼻子也不喘气。我们尽情地摆弄他,当我们把他的屁股拉开,我们发现了一个奇妙的洞:这个洞在灯亮着时是紧闭的,但一旦关灯,洞穴便像嘴巴一样张开,里面有三条圆斑蛇在探头。谁曾料想,这个屁股里藏着三条蛇的男人,在祸患中反倒如鱼得水了。

我们又趴在窗台上向外看去,玻璃上起了雾,外头一匹马也没有了,没有鲜血,也没有人的脚印,鬼魂躲藏在玻璃之后,它们于光怪陆离的场景中诉说作为囚徒的痛苦,从鬼魂中不时传来一阵阵欢快的笑声,这笑声让我们无法抗拒,灵思妙想一次又一次地爬上我们的脑海——如野心,你是如何记住荒野的?如情欲,你是如何记住停歇的?

午夜时分,一只蝴蝶洗净了云层。因色彩,心灵远离根基,也正因色彩,黑夜的到来便成为一种良机。一缕缕空无编织着大地,我们目睹了一个垂死的夜晚。我们看到它,我们倾听,听见远处传来的狼嗥,十几匹狼正在黑夜中奔走,狼群正向我走来。它们在风中哀鸣,头上的月亮是偷来的,它们露出它们流血的獠牙。我们感知到一个清凉的驼铃、一匹因为胃病而翘尾巴的僵马,我们感受到另一群野兽还在驮着背前进……窗户依旧带着室外的寒气。我们为什么不从这里走?窗锁只是一个结，男佣打着鼾。他们为我们定下了规则，无关文字，这些无声的规则更像是手，无时无刻轻抚我们战栗的脊背；我们讨论逃亡，却从未开始旅途。我们被禁锢在恐惧中，这恐慌贯穿了我们的一生。

我们醒来时，空气中弥漫着一股潮湿的味道。姨妈来了。

门那头都是堆积的衣物和杂物。我们听见谈话声，姨妈站在前厅，然后男佣扶着他从尽头走出来。他突然变了，仿佛从一个青年变成了一个老人——是什么可怕的东西在一日之内就将他击垮了呢？他形单影只，长长的白胡须，油腻稀疏的头发，蜡黄的脸，肚子上的红晕看起来像疤痕，胸部的位置乌溜溜的，像是两个蹄痕。他胸中积郁，嘴唇都缩回去了，他耷拉着肩膀，膝盖上有好几个幽暗的旋涡。当他低头抹眼泪时，他头发里的虱子们像公鸡似的跨着步子。他总痛苦万分地注视着姨妈，好像满肚子怨言似的。

他不断寻找证据，试图证明他没病，他收集情报且行动有力，乐在其中。要死的人从不承认自己要死了。姨妈给我们打了一条领带，他就抢走了它。他用一种唬人的表情注视着我们，当他用他那只皮革般的手抚摸我们时，我们吓得发抖。

"我们很相爱，但我们的生活分道扬镳。"他假惺惺地怨恨姨妈，说她折磨人是家常便饭。他还威胁说，如果姨妈忘了他，她就是道德败坏，要去蹲大牢。姨妈哈哈笑了起来。他与她最后的笑声打了个照面。他去撕扯她的嘴唇。姨妈推开了他。他瘫坐在脚踏上，双手放在大腿上，我们感到一种可怕的压力，不敢看向他的脸。他害羞、刻薄，他接受了自己的死亡，但在他的内心深处却憎恨它。我们震惊于我们所看到的荒唐景象。他的人是木讷的，力量是被切断的，他不停地跟姨妈说话，但我们感知到他的一部分已经死了，他是半生半死的，他是仇恨的低语而不是人。

他要和姨妈结婚，姨妈拒绝了他，他气得跳上前去打了她一拳。他像个婴儿那样号啕大哭，他被自己的厄运煎熬了。他要自己的心脏变大，还想让姨妈的也增大。让她的肺子闷死在肝脏里。我和妹妹发现他脑袋上的虱子已经在搬家了。他变得虚弱，脸蛋红红的，裤子湿透了，耳朵里流出了油。姨妈坐在椅子上拧酒瓶的盖子。我和妹妹刚刚拿了几颗篮子里的金橘，它们就腐烂了——命运都要为这巧合鞭笞自己。

"我知道，你嫁人了，你巴不得我早点儿死掉。"他说。

"我爱你。"姨妈说。

"谁不是呢？"他谈道。

姨妈终于哭起来，但是他已经不在乎了。这世上数不胜数的虚假的爱里，是否掺杂了虚假的恨呢？

有一次，他把自己收拾得干干净净、稳稳当当，他不可思议地落在顶端，黑暗和丰富的闪光的波浪通过我们的头脑，一瞬间触动我们的心灵，于是乎，美开始唤醒美德，我们不再怕他了。他将自己称作先知，他的原因便是"恒心与远见带来真理"。他置于我们的一切经验之外，我们措手不及。他说他喜欢写故事，并喜欢拉着琴唱出来，他说所有的故事都是从天而降的，因此没有人能够打开一本书，是秘密的光在翻动书页，人们只是徒劳地试图在书中写书。痛苦的两代人在岸边用手摸着鲜花和池水，他们触摸着篝火的潮湿、遥远的寂静、孩童的温情，阴天和芬芳和已收割的豆子。当天王星结束了山鼠的生命时——一个漫长的春季将要来临。因为睡过一觉，他多么精神抖擞。人们递给他一个小壶，在里面放了一点儿渣碎，然后又敲了一颗火星进去，它冒出烟来，婴儿的摇篮旁也放着一个。飞进来的小虫子翅膀都扇不动了。他把一些蓝莓扔进奶油里，然后用银勺子吃了起来。牛粪的香味，肝脏的腥味，牛的味道，还有氧气的怪味，他嚼着一颗蓝莓，品尝着酸奶油丰富的活力。羊羔闭上了眼。大家都围着它，舔它冒水的肚皮。他抚摸羔羊。煤灰在它身上留下了一层黑。他自牧民口中听到一些有益之事，自灵魂层面得到增长。但是狂风袭来，吹来暴风雪和死去的马匹，它们在兜里乱窜，人们想抓住它，却害怕惊醒熟睡的羔羊。

好多人围了过去。

　　天亮了，人们就发现他死在妓院门口。爱让他一次次落泪，阴道的香味让他早早膨胀，他因服用过量的壮阳药而死，死前也未倾吐自己的心声。

第三次相遇：在烈火中

特格舍博士来我们这儿做"田野调查"，她和她的几个学生一道儿来的，他们一行人调查流水、饮食、空气，调查我们的生活习俗，还为我们体检，看我们得了什么病。我们对她入了迷。她以微笑招呼所有人，她总是穿贴身的衣物，有两条乱糟糟的、浓密的眉毛，她的鼻子微微有些下垂，鼻梁上有细微的皱纹，她的嘴唇也又小又皱。她戴上她的老花镜为我把脉，给了我半瓶黄艳艳的维生素。她邀我们去见一位病人。

在纳穆罕纳谷日的凹地里我们看见一群黑色的鸟群，它们用它们弯曲的长嘴将龟肉从龟壳里扯下来，翅膀扑腾起灰尘，那黄灿灿的尘土像是乌龟四散的亡魂。凹地的不远处是个监狱，围绕着监狱的是一群细腻而尽力的妻女。特格舍博士引我们来到一个隐蔽的地方。她要见的人就在那里，他正在草垛旁将牧草聚拢，风吹起了沙沙的声音，太阳照在他脸上，他的脸平整得没有影子。

我们发现他是我们的舅舅。我们一眼就认出来了。

他穿着制服，戴着蓝色的塑料袖套，头发黑黢黢的。因一场惊雷下的大火，原本属于他自己的部位已经寥寥可数了。细看下，他那张饱满、胆识可嘉的脸是用猪皮和陶瓷拼接而成的，头发来自他尚未出生的女儿，嘴巴则源自一条黑线鳕的施舍。所有人都偷偷地用眼角余光打量他，他很可怖，还颇为神秘。他酸溜溜地来献歌，他醉醺醺地呼气，他低声下气地欢喜，他的歌词漂洋过海。他回到了我们身边，随着这一步我们认识了他。传闻他吃一些泥土生活，舌头可以伸到耳边，手指也不怕刀刃。他就说怜悯对他没有用，我们必须恨他，这样才能知道他的价值。

人们来找他，他并不欣慰。他认为特格舍博士一行人谎称是学者，只为驯服他，因为他们渴望对他发号施令，他们渴望操控他，以使他为他们效力，而这没什么，因为他正有此意，他决心效力，且他能够完成一切任务。学生们都笑了。他们给予他一种称号，在他的衣带里生活。他就站在河的另一头，但他的膝盖贴着我们，若是挨近他，就嗅到苜蓿、青苔和山楂的气味；蜜蜂、苎麻、小麦、花朵、青草、河流、早熟的荞麦与兔子的气味。他享受着树枝上洒下的雨水，享受着麦田里的红麻雀，他做一只蝴蝶。他看着我们，似乎认出了我们。于是他当着我们的面将自己的脸拆开了，我们看见他的脑干和喉咙下半段，发出惊叫声。

特格舍博士说她两个月前就联系了他，他不相信，说他忘记了，又说自己只有一半脑子，根本记不住事。他开朗健谈，对自己的遭遇毫无抱怨，他用手帕将嘴角的唾液擦干净。

"大火把一切都烧了个一干二净，所有人都死了，单你一个，您能活下来真是个奇迹。"特格舍对他说。

"不，这不是奇迹。"

"可是您是唯一的幸存者。"

"唯一的？浪花的数量怎么会是正数呢？"他突然问我们，"你们觉得我为什么会活下来？"

"因为好运？"

"不，"他又扭头问博士，"所以，我为什么会活下来？您怎么想？"

"因为你很幸运。"

"这个我已经解释过了，我很倒霉。我之所以活了下来，是因为你今天来见我。"

"什么？"

"那的确是个可怕的事故，但是只有我活下来了，而且我将继续活下去，因为您今天来见我了。"

"我不懂,您的意思是,您没在事故中死亡,是因为我今天来见您了?"特格舍惊讶地问。

"没错。"

"可是,事故早在三十年前就发生了,我们怎么可能影响已经发生的事情呢?"

"它们是同时发生的。"他确定地说。

她不置可否:"您是说,我们今天的见面,造成了您在三十年前的事故中的存活?"

"就是如此。您今天来见我,三十年前我就死不了,因为死的是您。"

"死的是我?"博士问。

他并不解说,又转头看我们,他把两个手掌蹭得唰唰响,伤口上的荨麻纷纷落下。他露出了一个笑容,吓了我们一跳。

"你们还在打瞌睡。"

他伸出左手握住我们:"小娃娃,把东西嚼碎了给我吧,再给我点儿唾沫,我的牙齿是假的,胃也是假的。"我们嚼烂了葡萄吐进他口里,他随即吐出两颗珍珠。学生们哀求我们把珍珠给他们,我们觉得自己是招致嫉妒了。

他喝水,不用喉咙,而是直接倒进一块乳白色的人造胃里。他用吸管把花蜜吸进胃里,连同鸟儿留下的白色粪便。他把混有荆棘和榉树酸的皂粉吞掉，他吃混有过熟的香蕉，甚至是石榴的枝丫。每当他出场，所有人都噤若寒蝉。我们好奇地盯着他，他衣着得体，看起来像是一个挑剔鬼，想对别人施加影响，没准儿他正好相反。有些人对他说，说我们今天请假来见你，你要对我们好。他点点头，当然，当然。他说他打拳击，还会做面包，他说他曾是警察，他说他打过一个法官，差点儿把法官给打死了。他去过海边和沙漠，而且是在同一天里。他还会抓老鼠，他说他是个矿工，他会挖矿，他说他见过海豹，见过海豚，他还有一个心胸宽广的学徒。他养过一只小狗，后来那只小狗跑到他姐姐家去了，再也没有回来……这些都是他献给我们的回忆，他说得太多，咱们的身体都吃不消了。他把又长又宽的扫帚横着放在地上。

"干我吧，我还年轻。"他说。

可当特格舍博士说要给他写本书时，他却止住了话头，显得很震惊："您无凭无据的……你们太把我当回事了。我有什么稀奇的，我就是个普普通通的人。"他一边说一边自己吃惊起来了。

特格舍博士笑着对他说："您竟然说自己是个普普通通的人，我看您不是个普通人，你带领普通人朝您的方向发展。"

旅客边吃边啜饮曲酒，他们吟唱往事，以撼动他的哀思。

突然间他松开了我们的手,也不再吐珍珠给我们,他重新站起来,沿着裂开的边缘往上走。那群学生和研究者跟在他身后。他走在地毯上,鞋底还有一些潮湿;他站在门前片刻,决心为此行增添一抹孤寂,于是他绕过门来对着他们讲演:"医生啊,我独自一人处于房中。开始是屋顶腐朽,紧接着闪耀的、洁白的巨雷击穿了房梁,房子烧了起来。"他一直在哀鸣,话语支离破碎。"医生们,我的心都要碎了!我的心都要碎了!我和我的手一样老,我一辈子像时钟一样行走,可咱们这儿不再有山毛榉……不再有山毛榉!只有一片阴影。"

他说那年的夏天灰蒙蒙的,麦火已经很久没有燃起来了,时间未曾在他心中流淌,但他依旧开始记录生活中的噩耗。那段时间他一直待在外面洗脸,洗脸的时候觉得洗手池里的水很苦。他打电话给家人,但他们都说水没有味道。水为什么是苦的?首先要做的是喝酒,但他决定碰碰运气,去医院询问自己的病情。他生平第一次去医院,检查的结果是他的脑子有问题,而且问题大到无法治疗。于是他又去找有本领的人,那人说,您不必事必躬亲,事情自会得到完美的解决。

"我这么说不是出于自满,医生们,"他继续说,用帕子的另一边擦着红肿的脖子,"你们觉得我放弃了,不,我是托付。我从来没问,为什么得病的是我。我这种人生病没什么奇怪的。

我脸上只有没有欢乐的笑容，我虚情假意，我压抑，幸灾乐祸，事事亲力亲为不许别人干涉，我这种人很容易生病……我使一切都变得复杂了。我从不知道脑袋也可以患上癌症。我只记得我妈妈。"

他像个影子，手捧着酸腐的脑袋，人们只能粗略看到他的轮廓。牛群打他身前经过，他坦率地跟在它们身后，当牛压断了翠藤和春草时，他就伪装成了它们的影子。学生们找不到他，牛哞哞叫着，我们回过神来时，就发现他离我们好近，这似乎是他的绝招，他能趁我们不注意就靠过来，指望着从我们这儿找到乐趣。他又握住了我们的手。他充满奇美的话语渗透了我们的存在，他满嘴花言巧语让我们沉沦，他让我们失去一些东西，他令我们错过了一些事物，但我们错失了厄运而不是良机。这一切都在看客的眼中，人们期待着在一天结束的时候看到他，他们期待着目睹他的爱——兄弟姐妹里他是唯一能表达爱的人。一群舞者排着队走，他们轻言细语，他们一跃而起，喧闹的声音构成空旷的浪潮，每当人群中发起一场奇妙的争论，我们便从中受益。

我们仔细端详着他，他的脸庞庄重、肃穆，他修长的、苍老的手臂像缰绳一样环绕着我们。他坐在椅子上，我们看着他，他也开始仔细地看着我们，他有点儿厌烦，甚至对我们傻笑。我们和他闲聊，而之后则完全沉溺在了自己的世界中。在这平静多雨的世界里，他敏感而善变，他将自己的心托付给露水、伤疤和秘密。他那双活泼的眼睛正静静躺在眼窝里。他似乎残缺，这种境遇何其痛苦，在这毁尸灭迹的磨难下他反倒变得彬彬有礼，并以这类感激之情接近每一个人。在他的默许下，他身上的一切都成为他孤独的持有者。他就像一支温度计，随着靠近他的人们的心扉而上下跳动。他一生的工作，他用时间和精力驯服的美丽肉体，他的灵魂，他的一切，他的信仰，他的意义，就是要看透这个世界。他如一面镜子，一丝不挂；他清醒地面对我们，在闲暇的欢笑中，在帷幕的残骸中，他展现出一种清晰而不突兀的探求。有些带着方帕子的年轻人爱惜他，但也有喝奶的孩子渴望折磨他，这些他都一视同仁。

"我每天都会遇到死人，孩子们，每天，每天。"他说。

特格舍博士又提起了写书的事情。他突然就同意了。隔日我们见面时，他套了个革色的绉绸衬衫，别起来的衣领和衣袖里满是沙子，他正在围上他的腰带，皮带上涂着油，黑得发亮。当第一批研究者进入他的房间时，他几乎像是闻到了肉味的狗一样灵敏地抬起了头。"快来，快来吧。"他没有迟疑地说着，观察着这群禀性难移的、完整的人儿。他察觉到了这群人身上的崭新的琴弦一般紧绷的特质：他们带给他温馨，但实际上他们批驳他的残缺,他们觉得他疯了,但又担心他只是疯了。

"火焰能被火焰点燃吗?"

他们开始询问、记录。学生们叽叽喳喳围在一起,他们开始对话,他说自己的故事,但是半真半假,他说医生把他的两个手掌装错了。他身上的所有零件都摇摇晃晃,但他从不疲倦。他们还在说着,录音笔开始发出滴滴的声音。从进门到见面的短暂时间中,他们已经打了无数场仗。人们怜悯他,安慰他,他只是无助地打滚。当人们眨眼的时候,他就跑去追牛羊。他不与他们密切地结合,更不会与他们疏远,而是保持在一个微妙的距离里。在引导与暗示的微妙边缘上,他已经颠覆了整个境况:他不受控于他人,他反而对这些研究者产生了一定影响,他将自身置于残缺与客观中,志在将对方置于同一境况。他炫耀自己的缺点只为引发他们的挫败感,他为这些人引来一种虚幻、麻木、膨胀、压抑的愉悦感;他顺服,他激发他们强烈的报复冲动,他诱惑他们以粗暴的言行报复他的坦诚之举。

他听命行事,很少犯错。作为世界上不朽的、有礼貌的、犹豫不决的陌生人之一,他已经在人们心中占据了一个光荣而友好的位置。他讲自己的故事,他说他喜欢自己的一切,包括身体。他从未使它们感到软弱和居高临下。他在梦中也要骂它——身体,真是个坏东西。身体是一条疑心重重的母鬣狗。

他回忆往昔，说熊熊烈火烧光了他的身体，包括大脑和他大脑里的癌症。他因祸得福。火扑灭了，过了好一会儿他才醒来，他想这究竟是梦境还是现实，他面前竟然立着一位倔强的、年迈的医生。她戴着手套，眉毛紧紧皱在一起，将他搁置在这儿，说皮太硬了根本缝不了。围绕着这件事，人们正式打起了官司。他死死盯着医生，他喊叫起来，但他的声音是从耳朵里传出来的：金灿灿，花儿落下果实来，我想在这个日子死去。若是你们执意拷打我……他尝试着爬起来，发现自己的伤口没有被缝好，他看到自己像是一张煎饼一样摊开。新的季节，现实的一切，坏东西，全都是坏东西！他坚信他早晚被不属于他的真理压垮。因为他太过紧张了，于是人们替他揉搓着手臂和尾巴，说不要有压力，因为压力是疼痛的花茎，而疾病是疼痛的果实。

他谈道：我只记得生动的一瞥，我记得一间被熏黑的房子、猛烈的火焰，我记得颜色和气味，当人们问我前不久发生了什么，我只能说出这些成簇的火焰。我开始想起过去，但更多的是未来。有成群的猫头鹰和冷漠的陌生人徘徊于我四周，思考为我带来一股源源不断的怒火。我忘了那些人已经不在了，火也熄灭了。他们整个消失了，他们留下的痛苦记忆也该消失了。可我裸露在外的肌肤却依旧能感受到那段记忆的痛楚。但是我想起自身的安全，我总是躺在第二天，我喉咙里有一种解不开的干渴，对，这是因为疾病，我们都是有病的肉体……但算了吧。别处不一样？处处都一样。当每一次改变都是如此痛苦，我难免会想，还能有比待在一个一切照旧的地方更大的幸福吗？有福的人总是快乐的，健康的人也总是健康的。我应该吃一片扑尔敏的。我坐在火焰里摇晃不安，我将被如何对待？这些都是未知数，有些我已经想象过了——我被诽谤、被歧视、被抛弃、被误解——被误解。除了火焰中，除了残缺里，我哪里也不想去，我觉得这里是最安全的地方，没有人会伤害我，我知道这里有多热，我知道这里的温度，我可以蒙着眼睛过河——我可以直呼这里每个人的名字，我可以诅咒这里的每一个人。在恐惧和困惑的明镜里，烈火中的我泪水滚滚而下，他以为恐惧、不安、懒惰、逃避的心早已成为了他的五脏六腑，想象扰乱了他的心智，可怕的预言一个接一个告诉他要警惕，火灾来了，背后有人。他无助得像婴儿一样张开嘴，唾液涌了出来，他躲在毯子里，唾液浸湿了床单。他扭动着身子，从黑夜走向白天。现如今他已经被烧死了，我也终于不省人事。我好不容易睡着了，睁眼却发现四周开始亮起来，太阳快要升起了吗？不——那是火，是火焰。今晚，我本想着火，心中充满恐惧，郁郁寡欢，却又迷茫起来，挨过了那难熬的心情之后，我就待在这个我拼命想要逃离的屈辱之地，经过二十分钟的忍耐，一切又清明了。我甚至觉得我的视力提高了，好像我看得更远了。这种混乱是裹挟着清澈的，这种混乱将为我带来一种新的途径、新的道路、新的机缘。妈妈一直在发烧，爸爸往我的课桌里塞他的艳照，表妹一身鳄鱼的臭气，姐姐则好似挥发了，粼粼微光下的千朵万朵，在我眼里，几乎都成了那蹿动的火的阴影。挫折向我大献殷勤……我说身体。身体是我们难以消解的恨。

他在说身体。他缺斤少两，他缺钱，他想过死，但他从医院回来后却又能休息了，甚至满足了，幸福了。他失去了身体，它似乎虚伪，它的头脑似乎在怀疑，它的心在惊奇中封闭，它是一个迷失的伪善者，它心中锁着顽固的癖好，它是一个时隐时现的凶猛的猫头鹰。他看着这个熟悉的庞然大物，它来了，而且他们都是母亲的孩子，血脉相连，这说明了一点。他坐在尸体旁边。那些日子里，他们一起听着音乐看了六个小时的报纸，他们的灵魂的触角钩在一起，黑暗的潮水随着音乐上涨，他的心头开心地挂起了悲伤的浆果，报纸上除了猜疑什么都没写。身体是个多疑的人，它能同时往不同的方向看。他开导自己，当然，作为一个先驱者，我敬爱它。我每天都在想念它。我想先为它享受一切。我也想成为它的好帮手。他为它干了无数的活。这与它无关，他把自己切成薄片纯粹是因为他这个人太过正派,而它总是半信半疑。他越是爱戴它,就越是无法忍受与它互动。他害怕他一生都要寻求真相,他想,我偏要爱它,我要爱,我要爱身体,我要爱它们爱个不停,我将爱上它们所有。我们谁也没有打扰到谁,我活着的时候会爱它们,我死后也会爱它们。身体是个坏东西,它是一个东猜西疑、疑神疑鬼的家伙,它认为他之所以如此可爱,是因为他是残缺的——它没料到人类也会有这样的才华。含含糊糊的身体准备牵走他了,而领走他的人是鬼魂。真诚的心仍然是一种威胁吗?一种新奇的、充满信任与爱意的怜悯之情涌上他的心头,他说他要一声不响地跟着每个人。

他长篇大论地说,他无休无止地说,研究者们就被逼急了,问他火的触感,问他的脑瘤是如何被烧成灰的,问他得知自己残疾后是什么心情,问他的心所遭受的重创。接着便是寂寞,他瞪大了眼睛,开始行军礼,但他们发现他已经睡了。门闩发出响动,牛群漫无目的地走着,那些一丝不苟的灰袍囚犯排着队出来了,他们大多是贼,也有秘书和多愁善感的杀人犯。我们坐在窗旁,看窗台上落满灰尘的药瓶。在那玻璃的倒影中,我们看见他将钥匙偷偷藏在胸前的缝隙里。

果不其然,第二天他就把博士和学生们关在了屋子里。里面的人惊恐万分,他在外面站着,他取出了一根火柴,说着

"好好体会一番吧",便点燃了屋下的草垛。房子烧了起来,一并捎上了那些惨叫声。

他又回到我们身边。他为我们略过了一些步骤。他问我们,使影子变得不那么暗,靠的绝不是灯具而是信念,所以你去看一看田野黑暗中的谷粒,每一粒都要离开寂静,并在灾难的镰刀中被分割吗?我们说灾难无法分割任何事物,只是谷粒会腐烂。

他点了点头,带着我和妹妹去挖嵌在沼泽里的水莴笋。我和妹妹坐在牛背上,穿着初春的礼服,相较于我们,他穿着更加节俭的宽松服饰,他把大半心思都给了周遭的女主人。他的顶点与切口是一样的,光线在他身上时并不响亮,我在他身上看到孩子们的波浪。我们分不清他与枕头的区别:他由上至下刷啦啦响着,柔软而零碎,像个雏鸟的温巢。他把斗篷夹在腋下,呼出温热的叹息,他开始流口水,他的鞋子并在一起,鞋头上有血,那来自生产的母马;他让他头上那来自他女儿的头发蓬松起来,他说他将大脑送往了湖泊。

太阳升高,泥土变得干燥。牛群避开了随地散落的干瘪蛙卵,在山与山之间拐了好几个弯,倾斜的草叫我们辨清前方的路。树不多,还有几棵随时准备溜走,我们移动自如。阴影里的花开着,冒出草丛的无处可躲,全都合起来了,高大厚实的花蕾像一串串大蒜。我们还找见一些红得发怪的草莓，它们甜到发苦，蚂蚁只吃叶子不吃果实。苍蝇用带钩的嘴啄着皮肤，为我们带来温和的问候。越冷越像是火在烧，随着棕榈树鱼贯而出，我们来时的路慢慢隐去。春日初见雏形，呕心沥血般吐出一株接着一株的虎刺梅，不过两天，它们就将草地啃了个精光。我们在昏睡中变得迟钝，他先是见过护林员，然后和丛林人闲谈，说再见、常联系——短短半天里，他将所有义务与权力交融，人们找不到比他更好管束的人。蓝莓的香甜唤醒了我们对春天的渴望，人们喊着跳着，观众看得津津有味。在寻觅他真相的过程中，死亡的欢愉涌现，轻轻歌颂这永恒，我们欣然接受那段言语。他的言辞在月亮下熨得很干净，他沉浸在我们中，吹了一会儿牛，这份开导是半带着阴影的。他的脸颊被炎症烧红了，他因为头疼而呻吟，风一吹，他就打寒战。我们中的一半人醒来。

居心叵测没有留下一丝踪迹，那长满了茉莉花的小道也渐渐醒来，善良没有得到庇护，天鹅耕犁的湖面上，忙碌着的不是漂浮的鹅毛，而是心中明亮、含义无穷的母壤。湖水飞溅，触及苏达莱，十六片竹叶般将女士们卷走。人用衣摆擦净孕妇的身体。他们穿着童工统一的黄色长裤，将塑料水桶拴在腰带上，卖一桶接着一桶的难以下咽的酒。我们看到他们正敏捷地躲过半盲的疱疹，弯腰用清凉的湖水涮洗着从大人手里挣来的酒钱。湖水中的我们是一张折起来的纸，和钞票如出一辙。蚊卵徜徉在丝绸般细腻的水里，此时，人们已经卖完酒了，他们将空荡荡的木桶放在了湖边，惹得湖镜突然倾斜。时间仿佛静止，他们踩着湖旁的马粪行走，与我们打招呼。我们发现一个光着屁股的人，他用一根手指同时指出了两个忘记付钱的人。这一场景叫我们的身心都受创伤，我们走过去和他交谈，我们语言不通，却被他近乎目盲的快乐打动，将裤腿卷到了膝盖，也走进了水里。湖水深处一片喧嚣，粗壮的黄颡鱼在我们腿间如陀螺一般转悠，"暂且息怒"正在酝酿中。人们一个接着一个走过海青湖，他们整齐划一，像是在排队。"养鱼不如养头羊，"他说，"可是羊长得太像人了。"

我们和睦相处，心心相印。我们谈了很久，走了很远。他炉子里的肉烤得有些白皙，果子熟了又熟，我们又回来了。鹦鹉绕着猴子，猴子和山羊一样大，鸟儿四处乱跳、十分聪明好斗。人们靠近，它们就直入云霄。我们还除了草，留出空地给鸟跳舞。太阳高高挂着，有一半路我们都是闭着眼睛走的。他学鸟叫，一唱一和。我们又窥了一眼树上的鹦鹉，它们十分绚丽，身形庞大，几乎触手可及，好像树上挂了好几个灯笼。枝丫上的鹦鹉扑腾出铃铛般的声音，缓慢地亲吻着对面的那个，没人能抓住它们。鹦鹉唱：

  您在被逼的说谎者之间
  您在火焰里
  您在乱说的论点里
  引童趣来真理

  鹦鹉咬了牛一口，牛跑了，他去追它。太阳变沉了，我们觉得手掌发冷，把手揣进了袖子里。我们回想起了他柔软的颅骨，每块颅骨片之间都存在着缝隙。他讲起伤疤的事，说他生病了，被小小的病毒吃掉了，他或许变成了嫉妒的箭靶，没什么稀奇的。我们绷着下巴，缄口不言。火已经熄灭，锅中的一切都停止了沸腾。不是人人都想长生不老。一种莫名的贪婪便袭上了我们的内心，我们似乎在行窃，烦恼并未脱身而去，这令我们感到自己遭到了毫无节制的滥用。春日被印在那发黑的纸钞上，越变越严峻，因此我们总在自恋地幻想着自己，幻想着名誉和昏昏欲睡的爱情梦。
  这个疲惫的、凋败的、柔顺的男人，不得不令我们产生了一种错觉——我们是他的救世主。我们为我们的同情心感到快慰，我们在他人的心上跺脚，我们变得粗鲁，我们拯救他的方式竟然是折磨他、训诫他，然后开导他，让他成为一个"完整"的人。我们投身于献身，但这是我们的恶行之一。因为我们软弱，因为我们束手就擒。是先有了惩罚，这个世界上才有了过错，因此，是他降伏了我们。我们成了他心灵投射的幕布，在我们身上，展现的是他，呈现的是他，融合的是他，隐藏的同样是他。我们的言行变得蛮横，我们拿眼角打量人，我们残缺是因为我们以为自己完美。在某个瞬间，他的双手交错在一起，我们不敢去细想，面对这个奇异人，我们宁愿不去问世事，而只讨论泡影。我们来这儿不是为了解决纷争，也不是为了难题，我们来这儿只为了打发时间。又或许为了一种不知名的渴望？我们在学校里学习了人的内和外，脑里装满了从死到活的所有东西，人们总说我们心地善良，将所有规则牢记于心。我们有点儿愧疚，有点儿开心。我们希望人们赞美，但只要三句。

　　我们看见他来了，但他并没有牵上他的牛。他一边凝视我们，一边摸索着他自己。他用一只手抚摸着他大腿下方的瘦削、凹陷的肌肉，他眯着眼睛，双目发呆，好似今天是个风雪交加的日子。他好像一个鼓囊囊的水袋，被炊烟刺破了，他一边漏水，一边按着水泵一样怦怦直跳的心脏。他还在检查那些产珠的内脏，他知道，他知道，他醉了。这一天正在过去，他在春天渴求一片欢乐，在丰饶或黄昏的幔子里，他做出了一个决定，他决定来到我们身旁,分享他的喜悦与残缺。他欢呼:火焰能被火焰点燃吗?火焰无法点燃火焰,火焰也无须被点燃,因为火焰已经是火焰了。所以你们也无须来求解了。

这位臻达残缺者一路走来,一路拆开自己的部位,丢在牧草间:手掌、眼睛、耳朵,以及错综复杂的肺部、流动的肝脏、丰盈的大脑,还有盘曲的肠道,这些活蹦乱跳的器官总算为自己找到了一个绝好的场所。他从库房那里走来,他走得很快,他经过一垛垛木板,在遥远的牛叫声里,一直走,一直走来。他欢快地唱:"来吧,快来吧。"他质朴的嗓音在轮回中闪耀,那一句问候刚到我们耳旁,他的下巴便嘭的一声摔在了地上,红红的舌头垫在石块上,上面还沾有一层糖霜,而这是他的最后一块零件。随着他的消失,一片褐色的平原唐突地涌入我们的眼里。甘蔗、橡胶和烟草沐浴在一片朦胧的情诗之中,黑烟滚滚,火焰熊熊,地面热得像羊背脊。特格舍博士的研究结束了,因为研究和被研究的都不见了。在蒿草熊熊燃烧的湖水旁,在那刺鼻的柴油味里,拎起水桶的人们奔走惊呼:"走了,走到哪儿去了?"但很快他们就站到一起来,困惑地看着彼此完整的脸。

第四次相遇：在大车店里

　　饲槽尚坏，又是清晨，爸爸赶羊去了，最近种羊涨价，他想给母羊配种，却没能力买一只，他便劝我和妹妹卖掉课本，我们没答应，他隔三岔五提起这事，我们才知道他并不总是那么干净利落、体贴入微的。

　　积雪融化，那些在山顶被冻死的动物，全部顺着雪水流到了半山腰。浑浊且厚实的水滴从公羊的胡子尖上滴落，樱桃一样大的春风压弯了它们的脊椎。羊背上一窝猩红的蛇笑逐颜开，它们盯着门上的木蠹蛾。我们推开门时，蛾子飞了，蛇群一哄而散。人们搬抬动物的尸体，这活儿以前是雇工干的，他去哈尔滨买香肠机了，不过那已经是三十年前的事情了。我们已经忘记他的模样了。春天的小虫子身上还粘着尘土，紧挨着我们的脸飞，把我们当成停机坪，稍不留神就会钻进我的胃里。我和妹妹坐在大车店的台阶前，看着来来往往的搬运工。"那是心照不宣。"我们想。他们结实的手臂、摇摆的发饰、他们煽惑人心的驯服，还有他们的言谈——他们吸引人的地方不在这里，而是他们总能恰到好处地斟满你的幸福之杯。

突然间刮风了，这风似乎是一个不祥的征兆，大人们让我们回屋去。我们问发生了什么事，他们说有一些牙齿比针还尖的疯狗带着口水到处跑。这些疯狗是从哪里来的？或许是因为刮南风，是南风吹来了疯狗。我们趴在窗台上向外看，除了黄沙滚滚，别说狗了，连人的踪影都见不到。我们没有听到犬吠声，只有风吹动门窗的声音。大人们已经不见了，他为什么不躲进屋子里呢？他们说狗专门去咬猪了。自始至终我们都没见着什么疯狗。

下午开始下雨了，所有的灰尘都消失了，空气也变得很新鲜。大车店里多了几个人，都是新鲜面孔，刚才还没有。我们不知道他们从哪里冒出来的，难不成随南风而来的不是狗，而是他们几个？

一个人站在门口，捡起耳朵里的灰尘。他穿着一件溅有油漆的栗色长褂，脚踩鞣制的猪皮靴子。他近视，皮肤柔软、肩膀宽大、有一种睿智而胆大的风采，人家都说他是水利工程督导，可他后来又变成了人们口中的"风水调解官"。在官职和财富的庇佑下，他依旧保留着愉悦他人的才华，体面又节省，无论人们讨论什么，他都能搭上腔。

这人在地上留下带雪和红泥的脚印,每一个都很完整,像是在盖章。我们提起他的诸多优点,他并不骄傲地笑了。他说工作里头只有休息这一部分对他来说太过复杂了。紧随他而来的是一群年轻人,他们懵懂的情愫叫人讶异。他们红皮肤,大眼睛,穿着一模一样的衣裳,腰间别着黑色的电棍,他们眼神多变,但通俗易懂;他们的语调调皮乖张,但广受人们的欢迎;虽说他们被世事所困,面上却毫无煎熬之色。我们的舅舅就在这群人中。他成了一个长相不错的青年,他说他叫喀什鲁扎,他因为头疼而无事可做。他人很好,性格开朗,留着斑驳的小胡子,头发蜷曲,只比我们大十岁,我们都叫他喀扎兄弟。

那个穿着猪皮靴子的调解官为我们每个人都倒了一小杯他带来的饮料,它原先被装在一个皮囊里,外面裹着红布,瓶口用绿泥蜡密封,用火烧开,打开后有腌制蜜饯的味道,但这并不是醋或是马奶酒。

喀扎兄弟喝醉了,我们看着这位新人,他醉醺醺地窝在座位里,呼噜呼噜喘气,胳膊上都是汗。他的日子从不平凡。在这炎热的日子里,人们还在昏昏欲睡,他便早早起身喝了一杯浓茶,他的目光从门口扫过,看到了奄奄一息的市场,他走到人行道上,感到一种不能言喻的舒适感。他片刻不停歇,他的头脑里回想起了各种事情,对于这种纷乱的状态,他不觉得头疼，反倒感到非常愉快。整整一天里，人们都对他赞叹连连，他接连交了五六个新友，其中一个来自秘鲁，知书达理，这人和他兄弟长得很像，他就爱他。喀扎一直都是兄弟姐妹里最沉稳的，他不仅宽慰他人，也同样宽慰自己；他不仅对他人宽厚，也对自己宽厚。他并不去要求自己尽善尽美，他认为，人偶尔沉溺在情感与回忆中，没什么不好的。这何尝不是沉稳的一种呢？且他这种沉稳是从内心深处所发出的。他一个人去玩，或站着，或骑着马，或蹲着，或只是孤零零地笑着。他闭上眼睛，其目的绝非对周围世界漠不关心。他对自己的残疾兄弟撒了很多谎，因为他偶尔会厌倦家庭，也不想做任何事。他果真喝醉了，调解官推了一下他。他一动不动。人们掰开他虚弱的手臂，告诉他回去睡觉。

小伙子喀扎醒了过来，满脸疲惫地环视着桌子。他发现人们在看着他，他以为轮到自己发言了，就举起杯子站了起来，人们都被他结结巴巴的样子逗笑了。他突然又变得害羞起来，好像犯了一个错误，他说他是一个刚从城里回来的毕业生，现在正为如何回去而发愁。他想成为一个薄玻璃工匠，把美丽的玻璃工艺品放在陈列柜里，再让人们透过玻璃看。咱们听得津津有味，喀扎却突然将夹克脱了用力丢在了门上，扣子发出叮当一声响，随着这声响那群人都瞪大了眼睛，我们又看喀扎兄弟，他也瞪着那群人，他像是要从泥里叼虫一样噘着嘴："咱们不开枪，因为专门打人的没办法射向不专门的人。射你们？朝你们的头开枪？当然不是，我应该被你们射，被你们开枪，因为我专门想让你们这些不专门的变得专门。

众人却纷纷责骂他，他又说起看门人，好像他是个罪人："啊，一只黑色的吸血鸟在这片土地上盘旋，那张又黑又饿的脸是用来唱歌的，我们不想要花衣服，也不要那春风、情歌，那些绿油油的庄稼，我们只想要您的答复，孩子们！"

"我们该答复您什么呢？"我们困惑不解。

喀扎兄弟放下了酒杯，他撑着桌子站着，颤抖的嘴唇也仿佛渗出了汗水，有人拉他，他就甩开胳膊，绝不让人碰他："答复什么？问得好！首先要观察，孩子们，请留意我们古怪的生活，留意那些在你身边总是抱怨不满、焦躁不安的人。他们毫不停歇，这是一种推推搡搡的力量，他们在不寻常的人群中过着不寻常的生活。他们行走在一条平坦的路上，但为什么这条路是平的呢？想一想，海不平，天不平，甚至平原也不平，唯有他们脚下的这条路是平的。这是他们祖先的足迹，是无数代祖先走过的路，因此是最平坦的路，他们都在这条路上。您问我，我想要什么答复？这就是我想要的答复，请您告诉我，我不是这类人中的一员，我也未曾踏上那条道路。"

"您看起来和他们都不一样。您能承担更多。"我们说。

他擤了擤鼻涕，摇起了头："您怎的还剖析起我的内在了？我的确和这些人不一样，我去担当这世上的一切，不要把我和他们这类寄生虫相提并论。糊涂蛋，敲，敲，敲——你用牙齿和爪子打，但不为一种心态，那就是精神一搏，只为交流。人是只能靠着诚实来交流的，除了诚实之外的就都是东拼西凑的，凑不成完整的。"

"你比谁都好。"人们都笑了。我们也跟着笑。

他擦了擦汗，脸一阵子白一阵子绿的，他摆了摆手："得了吧，孩子们，算了吧，姑娘们，因为我空虚，而空虚的人什么都能干出来，"他一针见血地指出，"咱们轻易说出伤人心的话，干出伤人心的事。咱们是一群无事可做的人。有好事发生时，我不会想到我那些辛劳的家人，而是想到节日里的朋友。虚情假意，一路走来我都保留了一颗消极的心。"

"哪有的事呢？"

"你们再仔细看看我吧。"

"您和谁都不像。谁都不和你一个样儿！"我们还是说。

他静静听着，直到我们吐露最后一个字，才眨着眼着说："你们把我想得太伟大，你们只是逗弄我一番罢了。在你们所有人的谱上，都没有我这号人。"

他又坐下来，看着大车店里来来往往的人们，不远处有人在做盲肠手术，护士拎着一个桶走来走去，他也在晃荡，他说："孩子们，你们也坐下吧，你们听我说，我是帮凶，我是人的帮凶而不是魔鬼的帮凶，孩子们，你是不敢踩死一只虫的，但那一刻，人成为人的那一刻，人走在平坦的道路上的那一刻，你却敢这么做——你甚至还敢打骂小孩，你敢吃人，你什么都敢做。你变得麻木，甚至冷漠，因为你走在平坦的道路上。只要有一个这样的人，站在天平的一端，你就会在另一端变得邪恶。咱们都在推卸责任！孩子们，想象一下，人群和人群，想象一下人群，然后想象从中飞出去多支箭来。这是多么可怕的一幕，可这出戏就是我们最平淡的生活！我心里头有不满，但这没什么奇怪的，要知活木也会挑剔光照，死者也会挑剔腐土。若我们心满意足才是真正怪事哩。"

他看上去很热。我们扶住了他，给他擦汗，他有点儿发胖，从他那斑驳的小胡子里传来熏肉味，我们又给他擦手，摸他手上的银手铐，他肩膀上、袖子上、那涂了蜡的腰带上尽是血，他恨不恨？我们觉得他的沉默已替他解释了一半，他坐在大车店里，他看着这幅爱恨的景色：它美丽的陵园，它小而整齐的坟墓，或许有一种仇恨沉入他心底。他靠着他的手指头谋生，他那只灵巧的手，除开要拧螺丝摆弄器械，还要喷农药、换机油、刷鞋，还得在夏天把自己脱得精光，在冬天摸他打哆嗦的腿，现在他只剩下六根手指了。他静静地坐在那里，坐在那冰冷的多孔金属椅上。在这充满了温暖和辛辣的季节，他坐在那儿，体态丰腴，衣冠楚楚，心也美得没有悔改的希望。他看起来就像是一只光芒四射的红鹭。我们猜他犯了什么事。

"你不是那条路上的人。你走的路并不平整。"

喀扎兄弟沉思了片刻，久久地看着我们："多好啊，孩子们，你们是咱们几个的看守，你们得发誓，要是你们走了，离开家乡了，你们也别抛弃我们，也不要轻视或侮辱我们。"

命令他人发誓，同时自己也发誓要相信对方的誓言，人们几乎不可能同时实现这两个目标。

经由酒精的浇灌，他成了一只小驮兽，低下了他那疲惫的、沉甸甸的脑袋。他又年轻，又可爱，我们喜欢他，就满口答应他，他披上了自己的毛糙的披肩，从腰间的包裹里掏出了几颗两面无毛的罗望子分给我们吃。他喜悦的心落入我们不快乐的眼睛中，陷入我们那不安分的、转瞬即逝的肉体，他将欢喜抛进我们松散的队伍，搁进我们粗心、鲁莽的痛楚中，又转而潜入果实的静谧与湿润。没有紧张，不追求意想不到的乐趣，也不去取悦不可预知的事物，只要他相信某事，某事就会实际发生。当我们为他感到骄傲时，罗望子在燃烧。

"我宰了一只鸡……也许是鸭子,我没看清。"喀扎兄弟说。

"什么?"

"闭上你的嘴。"那些带酒来的人制止他。他们揭起紧闭的嘴,露出枯黄的牙齿。

"他喝醉了。"他们说。

喀扎摇了摇头,说自己没醉,他又站了起来,他的领子里都是沙子,鼻子上冒出了红红的小疙瘩:"你们没杀鸡,也没杀鸭子,孩子,你们的手干干净净的,你的善行让你非凡。你们对我有很大的恩情。"

我们没心思思考这些。"我们对你有什么恩情?"

"你们现在和我在一起,一起聊天,这不是一种恩典吗?这世上有多少人一辈子都见不到对方的脸?更何况我们距离这么近。你们是飞来的,可我是掉下来的。"

"你从哪里掉下来的?你是从天上掉下来的吗?"我们问。

"我是从梦里掉下来的。"

我们说:"那么你就是从美梦里掉下来的。"

"恰恰相反,我掉进了美梦中,正在觅寻出路,"他摸了摸我们的胸脯,仿佛要剖开我们的心,他的话语极具煽动性,"你们也是。因为美梦就是那条平坦的路。"

这是一个怎样的时刻?所有的水都点燃了火,火光挠动着我们的脚，激动着我们的心。我们不知该如何面对他，对他既爱又惧。想必那个穿着猪皮靴的官员也是这般想的。喀扎兄弟手上的手镯是他们友谊的象征，而那场带来疯狗的狂风则是这友谊之下的一次小小牺牲。或许他们是父子？或许他们是朋友？我们看向他们二人，调解官还穿着那件栗色长褂，他在自己的鼻腔里笑着，他给我们倒酒，满得几乎溢出来。他打死十只鸟而不折断哪怕一根枝丫。他是一位多么优秀、慷慨、淘气的坏男人，还不到五十岁，相貌秀丽，却朴素得像一头牛。他来我们这儿工作，而我们的人从来没有真心接纳过他，嘲笑他是一个"难伺候的大人物"，甚至诽谤他是一个奸商和呆子。政府的马具在他口中光彩熠熠，权力的套索与他并排而行，但他从不傲慢，他如童子般爽朗，他爱折磨人，且他这决心要苛虐人的举动竟然来自他最明朗的心态：不管他有多安静，不管人们多么不理解他，只要给他提供合适的环境与合适的时间，他就能毫不妥协地完成大事。他可以无中生有，靠着一张嘴让妈妈富起来。他是个多么了不起的孩子。

而喀扎呢，这个醉醺醺的小鬼呢？他要么是炉子里的死老鼠，要么是外面的冻老鼠，大家都说他在冬天能飞。他们让他洗马屁股，让他蹲在烧热的炉火旁；人们敲打他的牙齿，众喙他平庸妥善的过往；人们细细端详着他，只要他稍有异动，便挥棍相加。他饥寒难耐，只能靠着马尿暖胃，当他快要被冻死时，人们就把他拉到挂着旗的房子里，给他喝马奶，让他舔黄油。后来他跑出来了，人家就质疑他，说如果他没有犯事，他为什么要跑……也许他只是个替罪羔羊。喀扎果然提起这些事情，他说着，面色红润，口中也沁出唾液：

"自打我开始读书，我就开始强壮我们的单只手，你们数过我的手指了吗？咱们都变得七零八碎，孩子们，咱们的信心和决心应该放在咱们自己身上，放在真理上，放在希望上，放在未来上，放在咱们伟大的爹娘那儿。但他们都照顾你，他们用草喂您，您渴望恒久的爱，您渴望工作之余的休息和愉悦，但就是你爸妈把你逼入爱与贫穷的。是他们的心拖累了你们，你爱念妈妈的脸，您就还要回来。您应该爱那些远远看你的人。所以放下吧，尽情享受，然后挥挥手离开吧，你们所谓的这辈子不过是一条流向你们的河流。"

"一条河？"

"对，就这么简单。"

人们只是看着他，那个调解官抬起胳膊擦了擦自己的眼镜，他们已经有些彼此腻烦了。喀扎兄弟他沉醉极了："我宁愿舔燃烧的红炭，也不愿去见他们。我相信心灵的完美基于同理心，我的能力之一是感受他人的快乐和痛苦。这是我能够享受他人智慧的唯一途径。那些无视我的痛苦的人也必须远离我的智慧。他们不接受我的痛苦，因为我没有权力，因为我没有力量：是的，我没有力量！我被关在一个房间里，不让出来，但我的问题是最重要的问题，关系到全人类的生存！我的问题是什么？全人类都在受苦，因为我被忽视了！被忽视的痛苦就是全人类的痛苦，只要一个人的痛苦被忽视了，那咱们全人类都得跟着受苦，为什么？因为咱们都是一起的！咱们一个一个，这只是看起来，其实咱们是一个，咱们就是一个，咱们不是一个一个，咱们是一个，同一个，咱们都是连在一起的！为什么咱们都忽视这点呢？你们或许认为我在说集合，但是，集合包含集合本身吗？咱们甚至不是集合。咱们中只要有一个人受苦，那咱们都得受苦！人们何时才能意识到这点呢……为什么我应该因为我的痛苦而被嘲笑——因为它很响亮？该死的那群大嗓门——魔鬼的力量就是这些响亮的声音。这是说话的权利——而你要我因为恐惧而沉默。我要报复他们所有人！我得写一篇文章……你们有人正在记录我说的话吗？如果有，请抄一份给我……"

"孩子们在看你笑话呢！"人们说。他们解开棍子，又拴了回去。

"他们不敢打我，但我把你们吵得心烦意乱，是吧？"他低下头看我们。短暂的沉默后，他铺平了自己的衣服，揉了揉自己的手，他果然坐下了，又挪到我们身旁，同我们附耳低言："您觉得我是个酒鬼，心里看不起我，您肯定在想，人的一生一眨眼就过去了，何必纠结这些琐事呢？可是，您的此类想法，是我们人类思潮中最可怕的一种。琐事中怎么可能没有美呢？我们必须体验它——你们有这种感觉吗？对于那些幸运而贪婪专横的人来说，要掌握好这种度量并不容易。我爷爷就这样死了，那时，大家想带他去见见医生，但是他没去。他接着去干活了，大家以为他没事。吃晚饭时，咱们都发现饭菜味道不对，他一直眯着眼睛看东西，他的耳朵里有干掉的血块。医生给他做手术。但是他打了三天哈欠，然后就死了。火葬时发生了点儿意外，他的骨头都烧成灰烬了，肺子却怎么也烧不完，越烧越旺，像是一块煤，因为他生前抽了太多的烟了，肺子里满是焦油。有些时候，我们得绕开历史……我没有说过这么有哲理的话。我们只是在给您讲一个故事。"

"您没什么可愧疚的，因为您走的路不是平的。"我们说。

"啊……对，对。"喀扎兄弟紧张、着急、痛苦万分，胡子乱飞。他张开嘴唇，但又咬紧牙关，摆出一副圣洁、天真无邪的表情。"快给我一个答复！给我一个答复！"他开始嚷嚷起来，可是这一次他们把骂他得很厉害。他原本挨着我们，但一眨眼的工夫里，人们就拉着他的领子把他拽开了。他的容颜也变得枯槁而憔悴，他说他肠胃都疼，鼻子里都要冒酸水！他们巴不得把他锯成三段！

"咱这都是被逼的，我没想这么干！"喀扎兄弟大喊，然后他猛地一颤，像是动物一样惊奇地看着我们所有人，仿佛这句话是我们说出来的。

他想跑出去，但是人们将他拉过来了。那个调解风水的问他遇到了什么麻烦，为什么他的心脏跳得这么快。喀扎兄弟满脸通红："狗东西！"他吐了一口唾沫在那调解官的猪皮靴上，又转过来死死地握住我们的手，我们听到了一声痛苦的尖叫，他像一座山一样压着我，"您得发誓，您得发个誓！您是个明白人，您知道说出去的话威力无穷，更别提是誓言了……您是一个不生病、不遭罪的人，所以您明白，话语可以让人生病、让森林着火……言语可以使人生病，可以叫星星掉下来！孩子们，我喝了酒，发誓要为他工作，咱们只是合作，咱们和做买卖一样往来。你们为什么总想拉我走，不，让他们看，他去了猪圈，你就去那里，他去了地狱，你就得跟着他，因为你得看护他。我发誓要让每个人都快乐，让他们都变得富有，如果我违背承诺，下辈子我就做牛做马……你发誓了，你也将如此，多好的孩子。你必须努力工作，你得发誓，这是你的事业，你的事业是信任人,您得信任人、关心人,这就是您的事业——否则你会死。你会死于疾病!你们在这里游荡……"

他们打他,抽他的大腿,他倒下了,又站起来,他让我们走,可又紧紧绞着我们,又开始刮风了,又开始刮风了,他回到我们身边,我们又听到一声尖叫,我们听到另一种哭声,我们听到他的胃在咆哮,他的心脏在收紧,他的肝脏在抗击疼痛。他说,孩子们,来,回来,亲我,亲我,亲我,亲我,摸我的脖子。他看着我们的眼睛,把他的脸靠近我们,他说:"咱们迟早会在这里生病,半辈子躺在床上,紧接着就去死。这个地方真该死。你们也走上了那条道,你们也是可怜的狗东西,人们当然是处处听从你们。"

那些人很快就将他拉走了,他还是说个不停,他在我们的耳朵里嘶吼,有人在幕后哭了。他在的时候,没人说话,现如今他不知被带去了哪里,寂静的人群反倒是一下子活跃了起来。晚上又开始刮风,门外传来犬吠声,我们又在大车店住了一晚,喝了酒的妹妹吐得厉害,官员们给她煮了点儿奶。他们还给我们熬了一锅羊汤,还带了一碗用醋泡过的莲子。后来人们都累了,就和我们睡在一起。我想起今天的所见所闻,想起每一年的孩子中,最早离家的那个手总是最小的。我噩梦连连,醒来时发现小腿抽筋了,妹妹也一直在流鼻涕,我问她肚子疼不疼,她说只是背有点酸。我们一起睡在小炕上，心不在焉，满脸通红。她很快就睡下了。白昼与黑夜于她而言是相似的。妹妹的脸蹙了起来，似是醒来又睡去，她被什么东西扎了一下吗？我窥见人群在旷野中迅疾的身姿。怨灵加上他们零碎的影子，成为无人之地透明的海蓬，这次他独自赶来，无所畏惧，仿佛已经抓住了命运的脉络。他躲在蚊子堆里，他正在消散，猪圈里的马还在打呼噜。我们准备明天再和喀扎小兄弟玩。人们说那我们得早点起床，不然他就走了。

天亮了，我们的梦想随之落空。人们说喀扎正在割断大车店以前的钢丝网，突然一头幽灵一样行踪诡异的母野猪冲了过来，咬掉了他的半个头。他们都说那头长毛黑野猪有熊那么大，有四百多斤重，嘴巴尖尖的，有长长的獠牙，人们冲它开了两枪，它还是跑了。打那之后，我们一靠近林子就有工人们急匆匆喊叫，林子外围拉起了比往常更高的网，还通了电。猎人也在林子里前前后后找了好几天，都没找到那头野猪。猎人们愁眉苦脸，说那头大猪明显怀孕了，再过些日子，这里将会迎来一大群凶猛的野兽。

第五次相遇：在臆断途中

就在离家几步之外，我们被他抓住了。他成了一个脸上有伤痕的差使，穿着湿漉漉的蓝色带领毛呢大衣，脚上穿着牛皮高靴，戴着一顶倾斜的麦秆帽，像老鹰一样站在路灯上。他不愿意委曲求全、隐瞒不公，却有倾诉邪恶的冲动。他说自己和那群公文强盗没有任何关系，他是一个独立的访客；他说这里的每一棵树都种得很近，他每一棵都看得见；他花时间赞美我们肚皮里的书本，并说阅读意味着独立。他和我们交谈，说我们犯了事，让我们和他走。我们问我们犯了什么事，他说我们向上贪亮鬼魂，向下谄媚人心。

"孩子们，咱们这儿鬼魂横行。我们一行人刚刚下车，发现根本没地方下脚。"他又提起阴谋，希望我们不要让它发生，可又劝解我们妥善完成它。他提高嗓音，举止粗鲁，他虽掩饰不住威胁的意味，却很有主见，仿佛知道半路拦住我们有多丢人似的：他那疲惫的大眼睛心甘情愿地对我们眨着，牙齿又大又圆，显得嘴唇鼓囊囊的，一副怯生生的挑逗样子。他问我们，"你们为什么说谎？好姑娘，什么事令你们忧心？"他一边问，一边摘下了帽子挤对我们。你一言我一语，这个脸上有疤的差使每次说点儿违心的话，眼睛就血溜溜地转。很多事情他都心知肚明。

差使带走了我们。附近正在修路，到处都是防溅板。他偶尔转身，指着我的胸膛说：你啊，你现在想跑也没用了。他叮嘱我们："你的过失在于你追寻的心灵。"可他言行不一，追求我们的挫败是他的隐秘请求，他希望我们像个孩子一样犯错误，认定了我们一定会因为年龄跌倒，这种品鉴般的成人目光让我们感到痛苦。

他把我们关在了一个只有二十平方米的小茶室里，砖头厚，缝隙大，地面不知为何而泛潮，靠左的地方有一张空荡荡的旧桌子，上面堆着柴火。还有一个炉子斜靠在窗旁，炉子两边关着又大又薄的门，门刷上了卵黄色，使人感到可怕的快乐。屋子正中央一张漂亮的小桌子上铺着柔软的玫瑰粉色桌布，炉子上有个冒烟的宽口锅，从锅里传出腊肉的香味；锅在我心里烧，但我没向他们讨要吃的。

差使让我们坐下，他自己坐在炉火旁。他看起来四五十岁，还请我吃东西，一个托盘上有一些干果和加了白糖的黄油饼干，我说我什么都吃不下。他的目光就像一团火焰，融化在我的心里。他牵动我的心灵，他劝导我对自己撒谎。他教我们——"仔细阅读，慢慢思考，自觉或不自觉地，欣赏你的影子。"谁都知道他是个果断的人，他下决定很快，他果断的精神并非体现在酷刑、痛苦和各种说不清道不明的苦难上，而是体现在一种定式中，我们常以三言两语来描述这种人的品性：那是一个白色的、雾蒙蒙的冬天，大雪掩盖了地下正在发生的所有变化。

他露出笑容，他一边笑一边讲："那些有智慧的人曾说，植物留下了种子，动物生了蛋——植物里有种子，动物肚子里有蛋。好了，现在到你了。你的肚子里有什么？"

"什么都没有。"我们心里发怵。

"那怎么不吃东西？"

"我吃不下。"

"你为什么不能吃？"他问我们。

"我什么都不知道。"

"你们杀了人，你们知道吗？"

"只有您知道。"

"你要当个骗子？你要当个小贼？"

"你才害了人，偷偷摸摸的事情还做了不少！"

他就过来亲我们的脸，亲我们的嘴："瞧瞧你们，说个没完，看我是否吃得消。两只小老鼠。"

"我是个快死了的人，我就该尽心尽力，"他说，"可您是出于贪心。出于贪心，您两个装满泥的手紧紧握在一起。"

"我们可不知道哪里得罪您了。"

他摸了摸自己的眉毛，说："您也得了我们这儿的本土病，这个毛病就是咱们做事需要理由。人总得给自己一个理由。你还在想吗？我知道你在琢磨什么。"

"这都是您自己想出来的。"

他说话就像是在摇骰子，你不知道下一个是什么，但无外乎就是那六个："为什么不说？你们两个一起干的，还是你自己干的？"

"我不知道，我不知道你们在干什么。"

"你在给我演戏。人死了，就死在家里，你们两个跑了，被我逮住了，你们两个在演戏。"

"我没什么要演的戏。"

"谁叫您当了个没戏可演的演员？"

"没有人。"

"那就是你自己干的。"

"我什么都没干。"我气愤地说。

"那就是你妹妹干的。"

"不是她，我不知道是谁干的，没准儿就是你干的，您给自己抓了两只替罪羊！"

"您凭什么怨我？"他说，"您觉得我们玩我们的游戏，而你们是无辜的牺牲者，对吗？您想教育我们，您觉得我们是错的，我们抓错人了，您觉得我们就是蠢蛋。"

"我们是被您抓来的！"

"我请你来聊天，我请你吃腊肉，而且你也来了，为了赢得点儿什么。"

他劝了我几句，像是要解闷一般说："你想挨打，您渴望从我们这儿找点儿罪受。您希望我干点儿坏事。你喜欢来点儿冲突，你喜欢，但你以为你不喜欢。"

"没有的事。"

"你几岁了？十二岁？"

"十一岁。"

"你妹妹呢？"

"她八岁。"

他挪动了椅子："有些人在您面前争吵不休，您为此感到惊讶——为什么这群大人巴不得自己找点儿罪受？这是您的洞见，很多孩子都有这种洞见。您原本可以靠着这种洞见，走出这个没完没了的怪圈，可惜您害怕他们，对吗？您害怕那群大人，您觉得他们比您更加聪明，您开始想要找点儿罪受。"

"我们什么坏事也没干。"我们说。

"你们当然没干，"他召唤我，让我出演第二幕戏，"秃鹫把他啃光了。狼也吃了他。也许是他自己生病了，突然就死了。"

这个差使开始变得坚硬，他变得像一块石头。他摸了摸我的手，仿佛他的心也有一个灵魂，他逐渐走近我，但实际上他一动未动。

"我们也可以这样交差，也可以那样交差，你明白吧。"

"你要什么？我不知道，我得给您钱吗？"

"你可以给我点儿，去向你爹娘要，用纸包起来，包得像糕点一样，您一说，你爸就明白了。他们肯定给你钱，但你这辈子就完了。所以你得想想别的法子。孩子，我看你只有一个缺陷，那就是不能正视自己的眼睛。"

"不行，我得给你钱啊。"

"真好，您这话是老板的话，我想给您卖命哩，可我就忙着这些琐碎的事情，我是个傻子。"他摇着头说。

"您为什么这么说？"

"我是个傻子，孩子，我就是个傻子。"他之后所说的，都是我们从未设想过的话。

他指了指自己，眼泪流到了鼻尖上，他说道："好好看看我，我年轻的时候，想过给妈妈写信，但我又不知道写什么，因为我什么都不懂，我就是笨的，姑娘，我笨极了，我想变聪明，不是因为我愚笨才想变聪明，而是因为我想变聪明这个想法就已经够愚笨的了！你这个坏丫头，你怀疑我是个坏人，我当然是，你们也觉得我是，只是你们装作不信任，因为你们觉得这样很聪明，你们觉得满腹怀疑的人很聪明，其实正好相反。疑心重重的尽是傻子、呆瓜、窝囊废，肚子里只有撞大运的歪理，真正聪明的是那些……你们这类的，你们这类人是聪明的，你们这样的小娃娃最聪明。让我亲亲您的小手。"

太阳越升越高，水也开了，他用手死死锢着我们，像是给我们戴上了一对手铐，他边笑边哭："哎呀，小娃娃，你们要把我的胳膊都吞进去，拿我的肚皮做肉卷，嚼我的舌头。你们要一天吃上六七顿，一顿吃上三四个人。我倒是在怀疑你们呢，这是我的罪恶，这是我的罪恶，可是，孩子，我心中这么怀疑您——可是我爱你，我再怎么怀疑，我都没有恨你，可你恨我，你甚至以为我恨你。

"我是个笨人，但你们是聪明人，你们聪明是因为你们信任我。你们信任我倒不是因为我这个人怎么样，你们信任我只是因为你们信任我。你们心里已经明白我是个好舅舅、好叔叔、好爸爸了，对吗？别人说什么也无法动摇你们的决心。您爱我就像爱您的亲人一样，就像爱您舅舅、爱您叔叔，甚至像爱您亲爹一样。我们以前见过面，现在见着了，将来也会见面啊。我们是熟人了。"

他一无所获，我们又被关了起来。

夜晚挖我们的脚，我和妹妹把湿透的袜子挂在暖气上。外面亮着灯，我们握住窗把手，发现它正在轻轻颤抖，地震了吗？颤抖过后，传来一阵仿若雷鸣般的巨响，而巨响后，这些颤抖反倒是停止了。我们透过窗户的缝隙向外看去，从这缝隙里，我们嗅到了不同于往日的味道。空中弥漫着硫黄味，没有鸟叫，一片寂静，黑漆寥光的棚房敞开，迎来的是嘈杂的灯光，灯下耀眼的不是光芒而是阴影。灯后就是瘦削的四蹄生灵，那些马儿，它们一匹接着一匹走过，马背上覆的雪在发亮，浪动如星河，美不胜收。风声稀薄，山色荒凉。朦胧的树立在土丘上，树梢空荡荡，却梦见白色的秋天，幻影般的叶子从天而降，枝条像大地一样生长。外面围着一群人，有人被绑在拴马柱上，露出婴儿般懵懂的神色，后脑勺还在淌血。三四个人下马站定，在疯狂的年代，他们靠着不同的呼吸声分辨不同的人。不多久，一些穿着白色大衣的士兵喊叫着将一群人拽出棚屋，让他们排成了一排。灯光下人们的脸单调乏味。

那个差使也在，他翻身下了马，马镫上沾满了松树籽，他在冰上跌了一跤。他们拉出了几个围着围裙的男人，这些人都是附近的渔夫，他将他们按在队伍的最前头，用晒棒砸他们的脸。吓唬人的呵斥音和惨叫声混在一起，乱成了一锅粥，这群挨打的人里面，有个当爸爸的人，他把孩子抱在怀里，那脸上有疤的差使提起防风灯看他的脸，滚烫的外壁烫伤了他，他发出呻吟声。孩子被他们抢走了。

差使给了他一拳头，他大叫着倒在地上，护着自己的肚子不动弹了。差使指着他说："你不是这儿的人。"当他准备继续打他时，他才拍着地大喊："老爷，我是来找我的鹿的。"

"谁认识他，快站出来。"另一个拎着棍子的人冲着人群大喊。没人应声。

"你不是这儿的人，这儿没人认识你！"差使将他拎了起来，他眼珠骨碌碌转着。

"我不是，我家是驯鹿的，我们遇见大雪暴，鹿都冻死了，就我一个人活着，我来这儿是因为……"

"骗子，小偷，你问题最大，一会儿再问你——去后边站着。"

"去后边！"一个士兵用力推了他一把。

他捂着疼痛的肚子跑到了队伍后头。又有几个人被拉了出来。

"在这儿干什么？"

"雪崩了，老爷，我们只能待在这儿。不在这儿就冻死了。"

"这么巧？你们正正好好就待在这儿。"说话的人被打倒在地，其余几个求饶的被他们按在了地上。马儿喷着鼻息，沐浴在怒火中，它踏着整齐的步，像是一个小钟表。差使紧盯着他不放，指着他的鼻子骂他是个卑鄙的骗子。很快，士兵们就将他单独拉了出来，差使捏着他的肩膀说：

"你一直驯鹿。"

"是的，老爷，我驯鹿，我从小就在……"

"那你胳膊肘上一定有冻疮。"他当着所有士兵的面，撕开了他的衣服，他赤身站在寒冷的夜里，寒冷和恐惧袭击了他，他闭上眼，全身都缩在一起，他甚至不敢发出一声尖叫。人们围着他站着，差使和别人换了个位子，他看着这个当爸爸的人，他的头上几乎没什么头发了，可身体上的毛发却像狮鬃一样旺盛，腋下、阴部、手臂和小腿上都铺盖了一层柔软漂亮的黑色草丛，他小巧精致的睾丸花蕾一般贴在腿间，他将手压在他的胸脯上，他那小小的乳晕是青蓝色的，他用手掌轻轻托着，用手指夹起其中一个，然后凑过去闻他的乳房，上面还长着小毛，然后他把鼻子伸到他的腋下，最后闻了闻他的脖子和肚脐。差使又问他："你的冻疮呢？你是做炸药的，我知道，你到底是来干什么的,我也知道了。"

他的嘴唇颤抖,眼泪顺着脸颊淌下。

"肯定不止你一个,还有谁?"

"老爷,行行好,我待在那儿,是因为我饿坏了,我冷了,我看那儿人多我才待在那儿。"

"没人认识你,你从哪儿混进来的?"

"我不是,老爷,老爷,我冻坏了,那儿人多我才去的。"

"骗子,您就竖着耳朵,把耳朵竖得高高的,竖得像天线一样。"

他扇了他一巴掌,他再次摔在地上,他捂住自己的流血的鼻子,有人想把他从冰面上拉起来,被差使拦住了。

"就是你没错了,我这辈子见过的所有骗子都长着你这张脸。"他解下了枪,拉开了栓。

"等等老爷!"他大喊,"老爷,别打我,别打我,我就是个驯鹿的啊老爷,您行行好,您行行好。"

没人听他说话,差使冲他开枪,他慌忙摆过头,子弹打穿了他的耳朵。他疼得大喊,在地上翻滚。他的半边脸都是血。

"看他叫,听他叫,"差使指着他对四周的人说,"这声音就是贼,贼都这么叫,准没错了。"

第六次相遇：在齐鲁戈勒

妹妹的腿瘸了，他们总提起这事，她便也刻意做出一些本没有必要的改变。她挑食，无缘无故倒在地上，还谎称鼻子很热，鼻孔里有血，把爸爸妈妈吓得不轻。人们为她劳累奔波，她却觉得他们只为自己的性情而战。

有一次我们去齐鲁戈勒访亲，姨姥姥炖了牛肉还有萝卜，她突然拉着妹妹的手笑起来，仿佛过去和现在的消散使她心旷神怡，她说："小娃娃，河流是人们可以倾听火的地方。水和火都是相融的，更何况是我们呢？我们都是一样的。缺不了你，您是个伟人，孩子，春天、大地、河流、岛屿被你揭开，被你复活。孩子，看看春天的伟大付出和收获，花儿在早晨照耀着你，一天的寂静唤醒了你。你我在山中吃得多好，你根本不用治，因为你本来就是好的！"

这不是胡说八道吗？听姨姥姥这么说，她肚子里难免憋着一股气，饭都吃不下去，汤也喝不下去了。人家要给她治病，她觉得烦人，可别人叫她别治病，她就觉得人家疯了。我还未回过神呢，她直接摔门而去，钻进马厩里去了。我去找她，这儿有几匹大马正在食草，发出咀嚼声，有一匹黑黑的小马正在撒欢，呼哧呼哧乱跑，她冲它发火，它就用后蹄踹了她一脚，把她踹倒了，她一屁股坐在了稻草上，她骂这匹马，我却只听她身体深处响起几声痛苦和煎熬的声音。她把姨姥姥一家都当骗子，还像是避着瘟疫一样避着他们，她吵着要回家，我们便坐上了回家的巴士。

车向北驶了一段路，经停齐鲁戈勒杜通海。我们昏昏欲睡，被一阵喧闹声吵醒了。

车门开了，司机的铁皮零钱盒里叮当作响，一群馨香嗡鸣的客人牵着狗来了，随他们而来的是一群鸟，它们站在把手上，这些是乌勒贵的夏候鸟和冬候鸟；又进来一位拿着扇子的妇女；一位穿着灰色、深色和浅色毛皮大衣的俄罗斯人；一个见过许多风景的、穿着敞开的斜纹软呢外套的男人，他在清风中拿着刀吃饭，他领着他姐姐的两个儿子，两人都穿得太严实，被胶水粘上了；这些上车的人里头还有一些旧剧团的成员，他们衣衫华美，长于歌舞，定居在人烟稀少的城镇，他们都是鬈发的百岁老人。车上还有一些商贩，他们运载着上千种蔬菜。

在这庞杂的人群中，我们突然发现了一位衣衫褴褛的人。

他的头探进车内,他的手扶在门上,他那黑黑的脚趾钻了进来,车上人这么多,他竟然畅通无阻,第一个进来了。他穿着破破烂烂的衣服,头发更是一团乱麻,皮肤像是硬纸板,上面还覆盖着一层污垢。他背着一个大大的包裹,里面似乎装满了瓶瓶罐罐,随着他的走动,叮叮当当乱响。

他一边自言自语,一边穿过车上拥挤的乘客,向我们走过来。人们陷入窘迫,嘟哝着抱怨,纷纷捂着口鼻避让。鸟儿飞了起来,老人们昏了过去,学生们敞开了窗户。他直勾勾盯着我和妹妹,我们吓得一动不动。

"谁来了?"妹妹问。

"好像是个乞丐。"我对她说。

"给他点儿水喝吧。"她说。

我们发现他已经走到我们面前了。我们窥见他肚脐眼上画着栗子一样的三角形。他热乎乎喘着气,解下他那包裹,坐在了我们对面。他看起来像是个软绵绵的动物,他吐了口唾沫在掌心,又用手摩擦着耳朵。他空空的手肘在车座上,手指则在软垫下,好像在偷东西。我们仔细看着,他捎带着摇晃的器官,没有随从,肋骨间是木耳和耳蜗,他身上的污痕像是他的花边,他散发出不同寻常的恶臭味,闻起来像是干羊粪味,又像苔藓一样散发着旺季的欢快气息,叫我们一时头昏眼花。妹妹的脸涨得通红，好像给晒伤了一样。我们猜测舅舅为何变成了一个流浪汉。

不知为何，又下起了小雨，淅淅沥沥的雨打在车窗上，风从窗户的缝隙钻进屋里，连带着蚊子也跑进来了。它们给自己找了个温暖的庇护所，它们扇着薄薄的翅膀，在车厢里飞来飞去，哼哼着，做点儿易上手的小事，在散落的行李、书籍和雨鞋之中乱窜。蚊虫不时地飞过车的顶灯，在地上映出微小的阴影，把人咬得睡不着。非同寻常的事物依水而居，它们行走于水间，宛如我们行走于空气中。我们从不在井旁讪谤、雨中咒骂，以谨慎保护自己。

他伸手抓了一只蚊子，塞到了自己的头发里。蚊子吸他头皮上的血。他摆出了万分乐观的表情，拎起自己的包裹，开始翻看那些药罐，药罐上贴着的纸已经开始发黄了。

"你是个行医？"妹妹好奇地问。

"我是你的早产儿，妈妈。"他说出的话叫我们惊叹连连。

他看见我妹妹歪歪靠在车座上，便把包裹放下，起身绕着她走——垫子、车把、台阶上都是他的脚印。他掐着自己的下巴，深思熟虑。我畏惧他突然沉静的性格。他用他那脏手到处摸，他摸到了我妹妹的腿。他丈量她的骨头，按压她的肌肉。这是他周到的礼仪吗，或是生来的恶习？

"你瘸了。"他说。

妹妹哀叫起来,用力打他。他抱头逃窜,却不知从哪里掏出了一块石头,他给石头系上绳子,塞进嘴里,然后再从嘴里拉出来。我没有眨眼,他拉出来的绳子上系着一块吻那般大的宝石。我和妹妹看呆了,我们没想过这是一品魔术,只以为这是一场突如其来的臆想,是性情或是神经在作怪。

"哪来的石头?"她问。

他将那颗宝石丢出了窗外。乘客们都探出脑袋看。妹妹也探出了脑袋,看见宝石跌进了草丛中,惊起一群蟋蟀后,就消失不见了。他的脑袋偏在脖子上,他动了动鼻子,从他鼻孔里飞出了一只黄蜂。

他预言道:"你将与自己结合,身上的器官永远是奇数。"

"什么意思?"她转头询问道。

"停下来,然后观察。"

"你能治好我的病?"妹妹惊讶地问。

"当然能。"

他说他要告诉我一个真相。他从那些拼凑的破布中亮出了一把刀子,他用他那把弯弯的小刀,从自己脏兮兮的手臂上割下了一块肉,还塞到了她手里。

"哎!这是干什么!血?……你的血?"她遭了雷劈般惊呼

道，又把肉塞进了我的手里，生肉又沉又热又湿，血珠往我胳膊上洒。妹妹发出尖叫声，想要用帕子堵上他胳膊上的窟窿，但他的血珠像是串成串的宝石一样，摇摇晃晃挂在他伤口里。

"拿去，给你的。"我塞到她怀里。

"快点儿，快点儿啊，快给他缝上。"妹妹把它推给我，叫我取出针线。

"没有必要，"他劝我们，"快吃了。"

他严厉地瞪着我妹妹，仿佛吃人肉是她应尽的一项义务。她的手绞在一起，汗出如浆，她喉咙里发出嘶嘶声，她像是断了腿的马一样窝在座位上，他又捏了捏她的腿，搓着她的鸡皮疙瘩。妹妹的额头上突出皱纹，她像是晕车了，猛一抬头，吐了口酸水在他身上。他把湿淋淋的衣服脱下来，从我膝上拿走他的"药引"，他又放在我妹妹脸上，逼着她吃掉。她的眼皮痉挛，睫毛全被粘在一起，她又吐了一口，全吐在了自己衣服上，她不动弹了，像一头透心凉的牛。她当然不可能听之任之，她绝不张嘴，他就逼她，侮辱她，说："你是光做的，但你的思想是尘土。"

我们都乱了阵脚，但我们都不觉得他是坏蛋。他闻起来很臭，窗外的风把他的臭气吹向我们的脸颊，但他切下的这块肉却很不寻常：这块肉的皮上有厚厚的皮垢，体毛乱糟糟的、脏分分的，但肉质却是晶莹剔透的，像是最名贵的猪油一样，散发着仿若嫩树叶般的奇异香气。更令人不解的是，这香气不会久久停留在鼻窦中，而是顺着鼻腔而下，直达脚底。我们感觉额头有些发热，烧着火一样，然后是胸口、腹部、阴部，然后是脚部，简直热得发烫，脊髓也感到疼痛和刺激，但这刺痛不能搅动我们的情绪，我们不去关心它。这肉香味拉扯着我们的身体，仿佛要将我们撕成碎片。我们的脸都贴在了车玻璃上，鼻子都差点儿断了，我们感受到巨大的压力，我们无法分辨方向和距离，一片黑暗涌入我们的眼帘，紧接着便是耀眼的白光，我们感觉自己不小心掉了进去，我们不是掉进了小的里面，而是掉进了更大的里头，我们不是掉进了洞里面，我们是掉进了自己里面，我们能看清自己的舌头和胃里的绒毛，我们看见自己肚脐的背面和自己的骨头，我们看得一清二楚，我们感觉到一股舒缓而快乐的能量向我们袭来。我希望能够获得它的力量。

  我们也想象着，当雨雾散开，在所有感官消逝的死寂之地，一道彩虹唤醒我们心灵的清新，我们决定随行团体完成人们的愿望，洗涤他们的心远离痛苦。我们甚至想成为他人口中的药丸。谁承想，在他肮脏恶臭的皮肤下，包裹着的竟是如此纯净、芳香的肉体。他是谁？他是由什么制成的？我幻想了很多，从宇宙的均衡学，到伟大冒险的延续性，再到那激动人心和冥冥之中的命运感。他将这块肉放在我们手里，要求我们顺从他的智慧，难道这就是他给我们的真相？那奇诡的香气让我着迷，这小小一块肉竟然使整个车厢都雾气弥漫、香气飘飘，仿若仙境。我们看向车厢里的人，他们竟然全都眯上眼睡了。他要干点儿什么，或者说，他要让我们干点儿什么，且不允许我们泄密。

我把他拉开了。肉也掉在地上。妹妹的颧骨泛着红潮。他突然尖叫着像是猴子一样蹲了起来，皮球似的在座位上蹦跳，他的斗篷里苍蝇乱飞，污水四溢，他突然屁股着地，稳稳坐在了桌子上。这个流浪汉变成了一只奇妙的动物。

"他，哎，他怎么了！"妹妹抹了一把脸，惊道。

他皮毛漆黑，似曾相识，嘴巴里不知在念什么。他充满了古老的诚实，他胸围宽阔，肚子却干瘪，白晃晃的乳头是个面疙瘩，他那乳头开始滴血，落在桌子上，落在那些消减的字上面，他说你是一个死在母亲子宫里的孩子。他掏出干瘪的青苹果与一根蜡烛。蜡烛蓦地亮起橙红色的光。他好像是被摘掉了鼻子，脸上只有两个甲虫一样的鼻孔。他的眼睛变得很大，黄色的眼珠一动不动，脸上画着非常传统的花纹。他有着长长的耳朵，脸红得像是南瓜。我们没看到他身上披挂着的多余的东西。

他说，你难以被驯服。他唱："我们来自母亲的屁眼。"他高歌：您唯一的想法是在流水上写字。您唯一的挣扎是一个圆环。你是一片接着一片的幻觉。你是一块千层糕。

"没有，没有，你瞎说。"她喃喃自语。

他让我们体验到他的遭际。"不吃？为什么不吃？容不下你吗？这个世界容不下你吗？"

"你在胡言乱语。"我们说。

"我说给你们的心听。"

"你不懂我们的心。"

"当然，这世上没人懂你们的心。哪一个夜晚你们能安然入睡？在您奄奄一息的身体里，只剩下你和我的眼泪这样躺着。"

我们发现开口的竟然是那块肉。他说起话来颠三倒四，没有条理。

"为什么说没人懂我们？"妹妹为他疤里的脓气得发抖。她声嘶力竭。她的腿笨拙地动起来。

他哈哈大笑起来，毛发蓬乱：

"您这是逼着我这个笨人来讲点儿添油加醋的话呢，您当然永远无法为人们所了解，因为您才是体验一切的。我这样说，您心里觉得傲慢了吗？"

"我傲慢什么？"

"你瘸了，因为你傲慢。你傲慢，因为你生了我，你都忘了。我的头在你的肚子里，但腿卡在了你屁股里，咱们总得死一个。他们要么撕开你，要么砍断我。你生我是因为你傲慢。你吃你自己的奶头，你生的都是你自己，你死了又生了，生了又死了，你反反复复来了又来，因为你痴迷自己；日日夜夜，你吸吮、插入、操弄您的整个身体。哎，你以为那是别人，你以为那是个毛汉子，而你是个娘们儿——你忘了你一觉醒来就爱上了自己。"他癫狂地说着。

"你在梦游。"

他号叫："我是你的肉，尝尝吧，尝尝吧，只要尝一口，你就什么都想起来了。"

"你疯了。"她神情轻蔑，但她流出泪来。

他心软了，他开始柔声劝她，发出婴儿般的啼哭声："我是来帮您的啊，今日我们相遇，这是多么精妙的机会啊；只要一口，你就睡醒了。"

"我醒着呢。"她不由得辩解。

"你梦见你醒着。"

"我不存在吗？"她问。

"这就看你如何选择了。哦，这可不是腿的问题。因为你是平原上的孩子，您有本领绕过长矛，但你的腿浸在泥下。"

"那就别提我的腿了。"

"不！把我吃了，治治你的腿吧。"他狂笑起来。

"不行，不行，你是人肉啊。"

"虽然我是人身上掉下来的，但别叫我人肉，叫我品德。因为伟大的是你的尘世生活，而坠落的是你本身。我早已品尝过你。"

他疯了，我们想把他的肉缝上，缝到他胳膊上，但流浪汉打着呼噜翻了个身，把两条胳膊都压在肚子下了。他哈哈笑着讥讽我妹妹：

"瞎忙活，瞎忙活！你胆子太小，千万不要参加革命，孩子，我看到你在西边闪闪发光，你跟着蜜蜂一起静静地停下来，您看看那美丽的蝴蝶翅膀，还有那几朵盛开的花和饱满的浆果，你甚至能看到山里动物留下的足迹。别忘了闻一闻那永不散去的雄蕊香气，还有数百只林鸟羽毛中弥漫的芬芳，还有新煮好的面条的诱人香味，晨间荨麻散发的清香。你还缺了一种味道，那味道是一声倾听、一句呢喃、一句诗——因为你瘸了！"

妹妹怒视着它，把它攥得紧紧的，血流了一裤子，它来赢得她的残忍，我们闻到新鲜的猪血味，这味道是从我们嘴巴里传出来的。我们觉得头皮抓紧，像是有一只猴子趴在脑门上。

他冷笑着说："你寒冷，你凉飕飕的，因为你们走不动了，但别害怕，治病的人来了，治病的药也来了！孩子啊，口中最熟悉的香气是祈祷，接下来换你来品尝我，你要把我揉出香气，品出腻美。对，你饱了。因为稳定意味着表面生活。但好在我进来了。我在你的肚皮里，孩子，别总待在家里，走出来，与人碰面，周济穷人，这是你脊梁的起点。"

"你是人肉。"

"我不是人肉。"

"你是从人身上掉下来的！"

"人身上的不一定都是人的。猪肉也消化在你血里。"他执拗地说。

"我不懂，谁割下自己的肉，掉下来的却是一块品德？"

"你只是不懂装懂，快点儿，吃我，像是吃一块咸猪油。蘸着饼干吃。"

"我不吃。"

"我这块肉，是长着一对翅膀的玩意儿。你绝不要后悔。"它自负地说。

"我不能把你给吃了。"

"为什么不吃？我们快到了。"肉疙瘩说。

"我们要到哪里了？"

"病啊！疾病啊！疾病的故乡！"

"是我们的故乡！"

"当然是你的故乡！一人一狗为仁义而死。哈哈！你如扁担般温暖绵密，你浓密的头发在日光下脱落，你产后口渴，你光鲜亮丽的生活里浪费的是辛劳、金子和温暖。哈哈！您早晚变得僵硬，你深陷泥潭，你在喧闹中消失。很多人聚集在海边猎杀您，他们滋养了您的永恒，甜美了你一天的滋味。抹上咸猪油，吃吧，吃吧！"

他说的是否为一种预言呢？而或只是在悖言乱辞，乱人耳目？

"要是吃了你，我就算不上是个人了！"妹妹撒眼泪。

"快别想那么多，你要泡温泉？喝药水？锯断自己的腿——还是跪在洞里祈祷你的爱？若您是一棵树，那么毁灭就成为你的形式，所以你要吃了我，因为死亡意味着出口。"

他蓝色的血还在流，他那张打了蜡的土脸，月亮般的小乳房闪闪发亮，他的牙齿就是他的眼睛，他讥笑起来，凝视了她很长很长的时间。

"我只是在提醒您，他们很难理解您，他们只会复述您的话，但心中始终抱有疑惑。那些将您放在高于他们位置的人，那群似乎虔诚的敬仰者，那群勤勤恳恳、忠心耿耿地竭尽所有帮助您、爱戴您、应顺您的人。终有一日，他们会变得激进且爱撒娇，他们开始对您心怀不满，认为您不懂他们的心；他们怀疑您的心情，甚至怅恨您、埋怨您——想要残忍地报复您。伟人都是这样去死的，人们先是爱他们，然后又宰了他们。像是杀一只鸡一样。不信吗？不信我们就来试试。"

风从四面八方吹进车里，化成无形的副官为他助力。窗子很快就散架了，玻璃噼里啪啦碎了一地，这果然是一个抓小孩儿的笼子，我们都被差遣了。他像鲨鱼嗅到血味一样从桌子上扑了过来。我抱起妹妹往后跑，我们很快就被他抓住了。他用两只胳膊压我们，臭味扑鼻，我听见妹妹的咳嗽声了，他的衣服都湿透了，大盐鱼一样在妹妹的小腿间穿梭往来，空气犹如酒精一般在他四周流淌。他脸上是妒忌，捏着妹妹的皮肉埋怨她，说他等了一整天的风儿，妹妹突然冒出来，说她不但能够胜任风儿的工作，还能攀附在厚厚的顶毡上。他只好领着她放风筝。谁知妹妹一瞧见交欢的人群，就急着要跑过去。他拉不住她，风筝的命脉还被她握在手里，只好追着她跑。他围拢过来，伞一样遮在我和妹妹头顶。他像游移的云一样围着我们晃荡。妹妹随着他欢快的脚步声转动自己的眼珠。他撕扯着妹妹身上野兽缝制的小坎肩，辱骂隐没之物的谨慎与毅力。

他的塌鼻梁鼓起，仿佛运气是从鼻腔里喷涌出的。他的额头折了三下，额肌膨胀得像倒扣的茶壶盖。现在他只能发出"咴咴，咴咴——"的声音了。他还在冒冷气，如关注太阳般密切关注着眼前发生的一切。我们咬他的脖子，本以为这一等一的流浪汉将要用生命教会我们如何道出永别，谁知他竟然脱身了。他迅速转了好几个圈，他转得厉害，扑棱棱扇腾着衣裤，我们看不清他。他跟着风动，偶尔爆炸变成粉粒，花花绿绿一大片。过了半个小时，他将自己压成了一排排栅栏，在洞里立起毡靶，像滑翔一般飞了出去。他融入这黑夜，令它变得越加沉重。夜晚的态度突然变得粗鲁起来了，它砰的一声甩上所有通往白昼的铜门，恶狠狠地训了我们一顿。不知怨灵去了哪里。远处的幽灵影影绰绰，它们围聚在一起，拉弓射出的箭都是金子的，与洞里的毡靶接触时，迸射出的碎金纷纷落地。靶落的啪啪声不绝于耳，未落的金粒光芒四射，十分耀眼。妹妹轻轻咂着嘴巴，口水已经沾湿了她的下巴。我们没能躲太久。我们没有援军，饥饿令我们感到疲惫，车厢里凹凸不平的蜗牛壳成为遥远的痛楚。若是野狼和怨灵再次来袭，厄运嗡嗡推开帷幕——我们就要死了。

流浪汉当然没有放过妹妹，他又来了，他嘴里说个不停，伸着胳膊爬了过来。我们没能来得及起身，他用手握住了妹妹的小腿。我去扯他的手，他歪着脑袋狠狠咬了我一口，我们为什么缠到一起来了？他们有时像铁棒一样揍我们，有时却又像烦死人的蚕丝一样纠缠我们。我们已经逃跑了，他们却又跟过来。跑来跑去躲来躲去显然不能解决任何问题。他使出浑身解数，他要把我们撕碎。我倒是没有哭，反倒是他正在兴奋地掉眼泪。妹妹疼得大叫，耳朵都红透了，一脚踢向他的眼眶。他被妹妹踢翻在了地上，被我踩住了耳朵。他啃妹妹的脚筋，妹妹哇哇叫，又去踢他另一只眼睛，可惜只撞在了他额头上。他翻了好几个跟头却还在那儿念诗。我瞧着他，他看起来迷迷糊糊的，嘴里念着什么，他手指缝里满是妹妹的头发，不过多久他就能站起来了，在黑暗中我们得以审视一切。他晃荡得像是从海里钻出来的白海豹。

他组织了一切，呼吁了一切，这究竟是什么力量呢？他几乎没有流血，药的气息代替了他的活气。他会被硫黄味的水烫到，但他无法得知水是从哪里溅起来的。哪怕在镀了银的镜子里他也看不见自己的身影。这种清爽感持久绵长，但窜入腹中的罪恶感却烧了起来。人怎能在人的死亡上谋取私利呢？苍蝇在它的羽毛里摩挲着爪子，与秃鹫共享夜的树荫。我们看风儿在枝杈中积攒耐力与勇气。只有蚊虫在他四周漂浮。我在心中与自己搏斗。除了殷实的舒适、威胁的烟消云散，我们心中多了一份自发的道德观，它不是偶然迸发的紊乱，它井井有条。我不再心存侥幸，我拉起妹妹："咱俩该走了。"

"那就按照您的想法来，"他妥协了，"可惜你错过了了悟的时机，你闻到人肉的味道就流泪。你胆小怕事，两股战战。"

"吃了你，我的病就能好吗？"妹妹犹豫不决地问。

"让你的心自己去想吧。"他说。

第七次相遇：在供热站里

芬芳的杨树栅栏被四月的微风吹得沙沙作响，面对所有风霜，在山上短暂休息的穿越者发出咯咯的笑声。在这易相信人的季节里，爱长久，益虫和灵感嬉戏，我们思索自己的麻木与狡诈：它从我们长期以来的勤勉好学和那些煽动性的离别话语中收获最大，但它给了别人什么礼物？我们总在猜测人和事有多仓促，无缘无故地消耗了精力。我们没能干出一番大事业，能够移交给青少年的只有备忘录和一个空空的排球。我们只想听到笑声，看到牙齿和快乐的笑容，因为我们是个目睹回魂的人——一想到这点就叫我怵然。这奇妙的感觉或许没人在乎吧，人们只在乎天上飞的鱼、海里游的鸟、婚礼上讪笑的丑新郎。

岁月滑行如春蛇，我人生中重要的一次跃进，是我和妹妹来到纳百卢塔读书。即使我早就离开了那儿，可我依旧噩梦连连，失魂落魄。由于潮湿的环境，学生们总是因为食物中毒而呕吐腹泻。灰色的窗帘一拉开，教室里就泛起了水影，果蝇淹没在长椅下，钻戒被扔掉了。和我们同来的卖脚气药的人抓住这个机会赚了很多钱。我们无一不感到深深困惑；我们迅速地、秘密地忍受着折磨；我们挥舞着一只长长的、忙碌的手，在墙壁上留下焦灼的黑印；我们在世界沙漠的中央敲击门扉；我们夜不能眠，目之所及的皆是敌人。

雨滴犹如笨重的蹄子，敲击着我们的屋顶。外面的水坑深不见底，上面点缀着未停的雨声和桑果，骄傲柔软的红柿子撒落一地，铅笔字也生满了锈迹。我抬头时发现妹妹正在用门帘擦拭脸上的雨水，她的一只眼睛露在门帘外，悄悄地注视着什么。她带来了一捆湿柴。湿漉漉的柴木膨胀开裂，关于冰冷、刺痛、痂片和下流的一切层层叠加，它既不唤起欲望，也不期待关注。

当柴火烧起来，雨就停了。几个小时过去了，日中的爱已然明亮，我们在廊下徘徊了一阵子，在田埂的沟里打了一架，又下山去了。妹妹突然弯下了腰，吃力地从雪中挖出一只小熊，它的毛都被冻上了，像针一样竖起来，她将它裹在了怀中。

我们看见一人，他鼻子上有一个囊肿，全身都黑黢黢的，目光狂乱，穿着一条滑溜溜的裤子。他溜进了锅炉房，眨眼间就消失了。我们跟了过去，在由瓦斯撑起的锅炉房中，我们发现有一盏小灯、一台电视。墙上的水位表以及压力表上已经蒙上了一层灰。呼吸阀上立着一只干老鼠，与它相伴的是煤粉和燃油。这里有十三、十四摄氏度，没有防止煤灰飞舞的洒水设施，只有零星几个防止灰渣被冲走的老旧设施。消声器和排气管，低温烟道里的排水点与通风除尘装置正在发出喊叫声。

那人一边擦拭着附加的爆炸管，一边向我招手，他脸上的皮肤紧贴着骨骼，脸颊粗糙平坦宛如一条跑道，他那窥视的双眼挑衅着我们。方言刚刚到达就敲响它欢乐的手，我们尝试就此止步，却还是义无反顾地冲进了他火热的潮流，在三根瓦斯管旁坐下了。温热的锅炉让我们的脸颊发痒。他又开始煎羊肠。

他一边吃，一边邀请我们玩扑克牌。他说他卖鱼油，他想将炼鱼油的技术教给孙女们，但她们厌烦鱼尾巴发酵时的臭味，全都赶在太阳升起前离开了。鱼油越做越少，他只好提高鱼油的价格。他笃定高昂的油价是战争的导火索。这人的观点被认为是一种激进主义的表现。他说他没有向任何人吹嘘自己的本领，他认为今天的激进主义就是明日的保守主义。我们一起玩抓老鼠，他热情友善，尽心尽力招待着我，我发现他非常聪明，总能发现游戏中的诀窍，我很难取胜。我们还一起喝了热茶。

"你胜利的秘诀是什么？"我好奇地询问他。

"我曾经有一位老师，他是位格外轻盈的庄稼人，他说你想当常胜将军，就要记住一个道理，当你渴望胜利时，不要想着丰收的秋天，而要想着冬天，这个季节你吃你收获的粮食。若是能转得过这个弯儿，就能战无不胜。"

"什么意思？"

"其实，能有什么秘诀呢？无非就是，一步一步来。人在太阳下晒得黝黑，什么游戏都能取胜。我想请您尝尝我钓来的小鱼。叫我达巴拉干。"

我们相谈甚欢。门被推开了，一个衣衫褴褛的男人走进来，在暖壶旁坐下了。他有一双犀牛眼。他看起来疲惫又辛苦。我感到一种奇妙的吸引力，我们几乎是同一位母亲生下的姊妹。

达巴拉干也发现他了。他慷慨地接待了这位男人，还替他捏死了后背上的蜱虫。这一举动促使男人向他敞开了心扉："我一件事也没能办好……"他显得气愤，眼球湿润，达巴拉干握住他的手。男人说想喝一杯热水。

"水马上就要烧开了。可是何必等它嗡嗡响呢，"达巴拉干把男人拉进了他的游戏中，"缴税的日子周而复始，难得我们相遇，不如玩一局扑克吧。"

达巴拉干掏出了一幅不同寻常的扑克。他用两根手指将它们从盒子里捏了出来，扑克牌看起来像结实的肉片，每张都弹性惊人，不缺乏才干和美感。牌上的花色是季节和螺粪，数字是心急如焚的志愿军与金雀花。他将扑克牌一张接着一张摆在了我们面前，每一张的位置都准确无误，防止出现因果颠倒的可怕局面。扑克牌背后涂白的、肥肉般的花纹摸起来暖烘烘的。当我把扑克牌翻过来时，藏在牌下的冷气会混着棕色的尘土升腾，牌面上画着的交叉线条令我们瘫痪一般无法动弹，我们可以辨别一些千奇百怪的形状，回想起信纸上的每一句话，唯独忘记自己是被三河母牛饲养长大的：我们会懊悔，会羞赧，胜利在我们心中变得恶劣。我们与自己争论，只能接连不断地翻开错误的牌，输掉一目了然的游戏——这不是寻常的扑克牌！

达巴拉干凑到我们耳边说："他是个逃兵。"

他是怎么知道的呢？达巴拉干的扑克牌里藏着什么奥秘呢？我不敢细看达巴拉干，因为他丰满的胸脯就压在膝盖上。他土褐色的皮肤性感且充满趣味，上面柔软的体毛可以储存雨水，我们闻着他身上的体香，提醒他离扑克牌近一点儿。被哄骗着，逃兵参加了这场输赢早已被确定的游戏。为了一杯热水，他频繁翻看着牌，牌面一错再错。当他妄图撕扯扑克牌时，失败轻飘飘地降临——他丢掉了自己的黑桃六。

水烧开了，盖子砰砰响。达巴拉干把热水舀进了杯子里，水汽从白日的余温里一跃而过，黑夜变得似曾相识。他用杯子暖手，指着红润的手掌对我说——丢了这项技能，不能从他人身上汲取，就是在自取灭亡……除非手能在寒冬里自己热起来。他在手掌上画漩涡，只允许逃兵在挫败中逗留了两分钟。达巴拉干又说游戏是各种暗示的总和，人类坏心眼的大集合，游戏的道具则如辛勤劳作后的成果，哪怕你能从它身上看出点儿什么，却永远无法复原曾经发生过的一切。

"你们只看着自己想看的，只听着自己想听的——给我点儿水喝吧。"逃兵一边说着，一边将自己的枪递给了我们。他再次提出想要喝点儿热水。

"我身上没有值钱的东西。"

"您得知道——从来没有虫子摔死过。它们爬来爬去，嗡嗡鸣叫……你想在纸上画它们，比画任何一种生物都要简单。它们会饿死，冻死，不小心被踩死，甚至可能被吓死，但它们永远不会摔死。"达巴拉干说。

"因为它们太轻了。"他急忙说。

"可不是嘛，它们太简单了，您这样一想不就明白了……小人物因为别人的重量而死，大人物正好相反，他们因为自己的重量而死。没关系，你输了就输了，热水您能喝就喝吧。"达巴拉干没有用杯子，而是用碗从锅里舀了一碗热气腾腾的热水，想喂进逃兵的嘴里。逃兵弯下腰躲避。他用手挡着脸，防止热水泼下来，他直起身，哀求着达巴拉干。达巴拉干将那碗热水放在了地上："我就知道你没办法搞到钱。我们再来一盘吧。"

达巴拉干用两只手掏口袋，他将骰子都拿了出来。骰子呱嗒呱嗒响，它们由蛤壳制成，没有形状，只有着难以想象的轴倾角，每一颗骰子都小巧精致，却有千克重，我们只需摇动其中一颗，其余的骰子就会开始盘旋移动，欢呼、坍塌与繁衍，将这世上所有的阴谋诡计与它们相比都会略显逊色。你用世界上最好的摄像机去拍摄它们，也只能拍下一连串的猫叫声。罪恶的人来摇动达巴拉干的骰子，除了不言自明的指责，他们得不到任何数字。在以数字为根基的游戏中，恶人将被吞个干净。达巴拉干就是审判官，他将一颗骰子丢进陶瓷罐，他轻轻晃动罐子，即时收回了手。当骰子停止跳动时，上面的数字带来了他的笑脸。我们立刻被一股猛烈的激情和暴力驯服了。

我们等逃兵摇骰子，他却疲惫地讲起自己家乡的秋天，"金黄的树叶整日都在井里漂着"。他说每当秋风刮起，树叶和瓜果的歌声令屋后鼓风机的噪声都变得微不可闻。达巴拉干察觉到他在话语里加了一些咒语，赶忙伸手捂住了他的嘴巴。这个逃兵，这个胆小的叛徒，凑近了看，竟然长得和我们差不多。他看着达巴拉干，蠕动着嘴唇，想将咒语从他的指缝间推出去。达巴拉干放开手，我们发现，逃兵的舌头轻轻浮了起来，好似舌下有一层透明的雾霭。我感觉到身体变暖，放在地上的一碗热水变成了红蚯蚓，盘里的骰子看起来像是三角形的。我们不会说咒语，我们贫瘠的语言无法为咒语提供力量。他一定是从家乡或是别的地方学来的。这些咒语来自一个根本不存在的语言，它无法被写下来，无法被说出来，甚至无法被思考——也许他不是个逃兵，他是个巫师。达巴拉干说他不可能是好人，他只能是坏人或是更坏的人。

逃兵嘴里吐出的是呼唤的咒语，因此屋子里多了点儿什么。

我们这么说的时候，达巴拉干没有理我。因为逃兵低着脑袋开始摇骰子了。我们余光里瞥见罐里的骰子晃荡着，成了陶瓷罐里的佃农，曲线迟滞，声音微弱，别说数字，就连斑点都消失不见了。骰子停止活动时，它们表面凹陷，成了陨石坑，里面只有气势汹汹的空白——他真的弄脏膝盖了，我们目不转睛，为这悲惨到举世瞩目的败局感到震惊。逃兵又输了。一切都变得不重要了，他的大败已经证明了一切。他用咒语叫来的东西甚至无法让他重新踏上回家的路。也许它只带来了一瞬的幸福，其余的都是虚假的承诺和摇摇欲坠的信仰。

逃兵唤来的是什么呢，不重要，它被一笔带过了。

达巴拉干说要切下他的手掌。逃兵又要逃，达巴拉干站起来，打了他一巴掌。逃兵含着松动的牙齿，他想站起来，但达巴拉干轻松压制住了他，把他按在了火堆上，直到逃兵的惨叫声与火一同熄灭，才把他拉了起来。达巴拉干将逃兵踩在脚下，又狠狠扇了他两巴掌，逃兵枕在达巴拉干的脚背上，像是躺在枕头上。达巴拉干的心地时而善良时而冷酷，他抬起头，像牛一样柔软。他越是木讷、忠诚，就越是受到人们的赞扬，而赞美让他变得越是迟钝、好斗。在他的鼻梁上有个鼓起的包，一滴血从他的鼻角滑落，他的脸上出现了一种难以忍受的表情。他想挣脱绳子，翻过栅栏，但手臂没有力气。他曾强壮、年轻、感性、自觉，带着哲学色彩，如今却变得皮包着骨头，像一个饥饿的孩子。我们根本听不见他的心声，并因此感到痛苦和窒息。但他的招数、技巧在他身上流转，他握紧了拳头，牙齿都快咬断了。他悄悄爬到糠皮上，夜化成蝉缠住人们，太阳从他眼角溜走，他讨厌阿谀奉承的人，他急着铲除他对别人的蔑视。他痛苦的呻吟伴随着喜悦的惊喜，啊，好痛！他不想白费功夫。他愚蠢且虚弱，像台生了锈的机器。他那隆起的纽扣，你必须用拳头打，才能发出吱吱的声音。那些生锈的刀子总是裁剪出错误的尺寸。从他身上，你能感到一种惊人的衰退感——虽说万物无疑都在衰退，虽然一切都在走下坡路，但衰退的尽头绝不是衰退。他的尽头呢，他的尽头与他的开始一模一样。

没有火，屋子里温度骤降，逃兵的伤口很快就冻上了。达巴拉干将他扶了起来，让他靠着墙坐着。他瘫倒了，身下的鲜血结冰，光滑的红平面反射出了他的脸。

也许他不是个逃兵。我猜测他是他们那儿的领头羊，因为他有一种险恶的幽默感。我们不由自主地看向他，他已经闭上了眼，胳膊搭在膝盖上。咒语，但是咒语，小小的波纹，它们在他的血液里荡漾。他仍未脱下他古老的粗疏，这粗疏令他无法隐蔽，"隐蔽"其后所有的感受与思绪只不过是他的枝丫，无法单独成为一棵树。他看起来像是涂了一层釉的卵子，又像一张子弹的设计图纸，我们冲他竖起耳朵，他就变成摇晃的水滴，野羊的躯干。我们似乎站在嶙峋的峭壁之上，站在瀑布下面，浑身只觉得清凉。我们无法忘记这清澈的水，不知道濒死的逃兵有没有感受到。他成了磁石。他为我们解悟，我们预知到不祥，甚至能够完整地说出逃兵的咒语了——难以置信。

"你们是来小便的吗？"达巴拉干问我们。

"没人能赢我。"我们抱着的那头熊却突然开口说话了。它的毛发竖了起来，它那鼓起的、宽大的、圆锥形的吻蠕动着，随后像是要扑食一般猛地张开了，露出它那尖锐而坚硬的钩状牙齿。从它口中传来鱼腥味，它说今天没人赢得了它。我们这才发现它是我们的舅舅。

"什么？"达巴拉干追问，它便重述了一遍，说今天无论玩什么游戏，都没有人可以赢得过它。于是他回到火堆旁，面目狰狞:"哦？原来你还有这样的本事。"

熊从我们怀里跑了出来，它的鼻头还是干涩的，皮毛上的雪水刚刚消融，它注视着所有人，葡萄一样的眼睛瞪得大大的。达巴拉干双手紧握熊的腿。

他们坐下一起玩，奇妙的是，他们玩了无数种游戏，也换了好几次座位，但这只熊的确没有输过哪怕一次。达巴拉干开始坐立难耐。骰子的撞击声、玻璃球的脆响、纸片的哗啦啦声、木棋与象牙棋的碾压声、硬币落地的响声和敦盖转盘的吼声令房子里显得格外喧哗，震撼着人们的耳膜。达巴拉干的骰子已经被磨成了粉末。纸牌也已经破碎了。他摸索着那些碎片发出哀号声，下颚却一动不动。影子和光突然洒了一地，窗外滑着金黄的光亮，似乎有人拎着防风灯经过。瓦斯同灯光一起在人群里流动，如雪花雨在麝鼠间穿梭，发出阵阵苹果的香味。搞出这么大派头，准是有人想要坐享其成了。阵阵轰鸣沿着我们的颈椎逃窜，我们跌坐在了地上，一地的扑克牌都漂浮了起来，我们发出惊呼声。我们心里清楚达巴拉干已经赢不了熊了，他引以为傲的、审判罪恶的游戏盘开始倒塌了。它成了第二个胜利者。它是新的独裁者，是新的秩序吗？我们清醒着呢，是识破咒语让我们更加清醒，而不是我们清醒着才识破了咒语。对，一定是因为咒语。

达巴拉干决定换一根胜利之箭来骑乘："一定是有些误会，换一个游戏吧。"当熊答应时，达巴拉干从鹿皮里挖了一大把切成块的肉干。他说肉晒干了，储存在干燥的地下室，留着在冬天享用。它们受潮或是虫蛀了也没关系。人们围坐在一起，谁输了，就往嘴里塞一个。肉干碰到口水就胀大，人的喉咙就会被堵住，然后因窒息而死。他们躺在地上，逐渐变得冰冷，达巴拉干说他的爷爷、妻子，女儿和儿子都是这么死的。他们在下雪时玩这个游戏，把失败者埋在火炕下，他们会燃烧整个冬季，所经之处芳香四溢。我们还未来得及感叹这游戏的疯狂，他们已经开始抽牌了。

游戏一开始，熊就抽到了黑牌，它输了。它如此坦然地面对第一次的失败，"这一定是它的妙计。"我们想，它肯定不会输。它的一举一动俗气且笨拙，但它的精力是充沛的。我们佩服它，当它连续往嘴里塞了五块肉时，它那充填着脂肪的脸蛋、身体上的绿色菌斑开始令我们感到烦腻。在与熊的博弈中达巴拉干一直在胜利，无论我们怎么洗牌，它也只抽黑牌。达巴拉干已经披上了自己的睡衣，他不专注看牌，甚至毫不害臊地为自己搔痒。

扑克牌沙沙作响，我们开始感到不安。过不了多久熊就要死了。达巴拉干替它翻开了牌，是一张黑牌。他捏着一个往它嘴里塞。我们冲了过去，达巴拉干制止我们，我们无法推开他，只好将熊拉了过来。我们站在熊的身后，双手握拳将它环抱，用力抬起了它，熊把喉咙里的东西都呕了出来。它毫不在意，想继续抽牌。我们不知道这只聪明的熊是怎么了？达巴拉干气坏了，他认为这是一种作弊，一种卑劣的、不齿的行为。胜利的羚羊蹄又小又圆，在他肩膀上盖上一个又一个鲜红的功勋章。他问我们，为什么救它呢？

"它就是一头熊啊！"

"它是个骗子。"达巴拉干怒气冲冲地向我们吼道。

"我一直在赢。"熊说。

"不不，你输了。"

熊又开始讥讽他："你输得彻底，没一件事你做对了。"

达巴拉干气得发抖，鼻子里喷出气："既然如此，我们继续。"

他们又开始玩了。我们以为这一次的失败只是熊的下马威。可当他们再一次玩时，熊还是输了，我们拉扯熊，想带着它离开，我们看见达巴拉干起身拿起了逃兵的那支枪，他决定杀掉这头熊。

"谁也赢不了我。"熊还是说。

"你在撒谎！看我宰了你。"他举起了枪。但熊扑上去咬碎了他的喉咙，血喷了出来。

达巴拉干捂着喉咙躺在地上："熊啊，你的本事就是这个，真是可笑！"他的口中漫出薄薄的血雾。熊舔着牙齿和嘴，卧在了他腿上。"我要死了，我要死了，"达巴拉干呻吟着，将胰脏丢在了地上，"难道我是有罪的吗？不，至少我在胜利中行进，这就说明我是正确的。胜利的缆绳从未放开我……"他重复着自己的话语，虚弱地倒在了地上。他问我们，无论赌注是什么，熊都会胜利，可是当他们往嘴里塞肉干时，熊一定会输，这是为什么？

天际发红，屋外哨声清脆如笛音，人们欢呼战争的胜利，叮嘱脱轨的火车切莫远离。可那压在门上的火车早已离开，那胜利的乐音使达巴拉干噤声。一路走来，大地收获着和平的果实，留下相聚的脸颊。逃兵没能挺过寒冷的夜晚，他跟着灯光走，日出前就咽气了。达巴拉干的脸红得出奇，那死去逃兵的脚印浮现在他的面颊上，他正从他身上经过。他与他贴近，似乎根本没有心思伪装了，任由自己的烦恼汩汩溢出。达巴拉干正在滑下悬崖，我能听见他肚子里传来失事者的哀叫。他对逃兵说，学舌鸟，你大错特错。我以为你要骑着我的马走。我们看见他暗沉的土壤般的皮肤开始发红，他的神情是痛苦的、羞耻的，他似乎出了一个极大的丑，犯了个低劣的错误，他几乎无法忍受这一切，被自己的内心折磨着。他似乎变得更加苍老了。

达巴拉干说冬天，冬天。他开始流血了，从鼻孔里淌出的血将他一分为二，我不清楚他为什么提起冬天。他又说自己哪怕一局都没有赢过，因为熊的胜利就是将食物送入口中。

第八次相遇：在椰树林里

无精打采的椰树林中，人们来来回回地穿梭着。这些人里，唯有一人免受日常杂物的干扰，她就是阿黛姑娘，今天她姐姐要生孩子，她端着一个果盘走来。她从花丛里走来，她把那些青青的小白菜都采了。

我们的舅舅成了一个接生婆，他跟在她身后，他那馒头般又肥又美的脸让我们移不开眼。他穿着一件洁白的长褂子，手里拎着一个结实的手提包；这男人吃得好，睡得好，从不提心吊胆；他的身材多么壮硕，头发多么柔软，还有个鼓鼓的嘴唇——更引人注目的是他的双手，那是一双多么美丽的手，又大又宽，像纸一般平整，在太阳下宝石一样闪闪发光。他说他现在办事妥帖，但他小时候不听话，青年时还成了一个酒鬼，苦苦挣扎于毁誉之间，爹妈不喜欢他，但是路人每每见到他，就觉得心花怒放：因为人们每次见他，他都长得和上次不太一样。他说在他众多的面孔中，有一张是臭虫的面孔。

阿黛边听边取笑他，对他展露一种无所谓的温情，我们走了两条街，奔巴士站而去，后因主干道在铺管，便搭上了小船。小船穿过一泓清清的河流与一排排水青冈，缓缓停到了椰树林的旧耕地，人们一下船就闻到一股迷人的酒精味；这是一块又湿又绿的土地，弥漫着缥缈的小雾，岩石上绵延不绝的苔藓，吸饱了雨水，引来一群暴饮暴食的蜗牛。泥路上有巡逻队的脚印、一些香烟头和碎掉的小锅；若是爬到树上去看，就能看见远处灯红酒绿的城市。一群孩童欢呼着奔过阿黛身边。一来到这儿，她的眼睑就合上了。因为她太熟悉这里，不愿意睁眼走路。

到家后，她打开漆着污迹的门，邀请我们进去。灶膛里起了火，但还是很潮湿。屋里又黑又挤，前不久这里起了一个小火灾，当地居民担心不已，把所有的木柴都扔掉了。在北面的墙壁上一幅巨型的油漆画无限延伸，墙下还坐着一个忙着乱弹钢琴的厨娘；为了让屋子里更亮堂些，一些灯罩被揭开了，陶碗里放着黄澄澄的香油，里面插着油线，被一个小孩子拿火柴点上了。一张被狗撕碎的绿皮沙发上，聚集着一群精于算计、小心谨慎的人。这是阿黛的兄弟们。他们都是伐木工人，手头上总有现金，鲜红的衣服缝得严严实实的，以防毒虫进入叮咬。接生的大夫什么也没打量，他问他们产房在哪里。他们指给他，那是一个罩篷，大家都聚在里面。他脱了鞋，拎着包进去了。

现在医生进去了，产房里却寂静无声，他们感觉有点儿不舒服，露出一副魂不守舍的模样：他们喝馊掉的茶，还抓伤了自己。他们泛酸的胃里出现了信号，他们觉得大事不妙，觉得里面的人已经死了。他们沉默了很久，装着灯芯的鼻烟盒空了，小猫和狗嚎叫着，他们感到有老鼠在吃自己的脚。阿黛则无所事事地看着产房前的零食台上盛着的水果，还有那些慢慢熄灭的鹅卵石；一个百无聊赖的男人拿着铅笔，用笔在水果上打洞。他也负责给人撩开帘子。看到阿黛两手空空，兄弟几个有些忐忑，他们指挥她从花篱那儿采芹菜。他们还给她拿了一个绣着天鹅的手套，又从一个冒着白气的桶里拿了块面包，掰了一半给我们，里面夹着白糖、沙棘酱。她吃完了，却不出去择菜，有人怒道："你怎么不去找点儿活干？"

"我怎么没干？"阿黛说。

"刚才大夫来了，你怎么不去倒茶？"

"我怕他偷东西。"

他们又上下打量："你怎么穿这么厚？你要热出病来了。"

"我可不怕热。"

说话间，产房的帘子被撩开了。最先出来的是一只闪闪发光的苍蝇，然后是她妈妈，其后涌出的是一群背着扫帚的、积了尘的男佣，还有各式各样的、头戴花冠的女孩——最后才是他。当我们看见大夫双手干干净净地走出来时，感到大失所望。阿黛的兄弟们都聚了过去，逼问他是不是打了太多镇痛剂。他摘下浴帽，摇摇头：

"今天生不了。我明天再来。"

阿黛看着他肥嘟嘟的脸，希望他能抱怨几句，以证明他不是高手，但他无动于衷。年年爱来年年去，人家都痴迷他，想舔到他消失为止，人们想请别的产婆来，但阿黛的姐姐一定要他来接产，因为他的手又软又平，如果有人用这双手托住婴儿的头，她心里就觉得很高兴。孕妇在他走前温情地抚摸了他的脸，这样他一出门就哭了。阿黛睡了，我们送他回去。我们没有租牛车。在田野和稻草中，他前进着，手里还拎着他的手提箱，上面一颗灰尘也没有。

"你今天空跑一趟。"我们说。

过了一会儿，他才开口道："我从不白来。"

"你在树林里能遇到一个孕妇？"

街上怀孕的公鸡走近他，啄他的白大褂，尘埃在地下升起，他那衣袍成为白天的伞盖。他对我们有一种居心叵测的怜悯、一种憨厚的使命感，他问我们什么时候去上学。我们说我们不想去学校，他便开始直率地折磨我们，接连换了三四辆车，用他那隔三岔五的冷漠消磨我们。莫非他认为我们的散漫阻碍了他的德行？我们问他，为什么要当一个产婆？

他回答问题的方式如此迂回，直说得我们心烦意乱。他说他决定在日落之后不吃东西，因为他想清楚地看到自己在吃什么；他不吃胡萝卜和洋葱，因为它们长在地下；他不需要用水洗脚，哪怕米饭里有微小的虫翅，他都视之为荤腥，而拒绝服用；他曾不假思索地体验过一段隐居的日子，但只是把自己的肚子养肥了，哪怕一只断脚的小鸟都让他心悸。回来后他就去找那些人，那些供认一切的人，他们劝他回去读书、学习知识，并与那些见解独到的人做伙伴。他服从了，他们还教他如何识别乐谱、如何处理史料、如何坐着喝茶。他起先学的是哲学，后来又改去学医。他向我们坦言道，其实他最讨厌妇产科，他几乎什么也不喜欢。每当他在书上看到"怜悯"这个词，脸就一下子热了起来。他做产婆，不是因为他喜欢婴儿，而是因为他和人家抓阄时，他抓住了这个，他认为这是一个征兆，闪电般带给了他灵感——他决心要选择一条最颠簸的路。不知道是热爱命运的灵魂把他带到了这里，还是热爱苛待的灵魂把他逼到了这里：他变成了一个打鼓的人，变成了一个学生，又变成了一个接生大夫。

他太相信命运，可后来他发现，命运不过是一只小甲虫：

谁抛弃了自己，谁就跟随了它。与他不同，他妈妈从不细究，她是个船手，他十七岁那年，她一跃成为船长，人们时常可以见到她，她总早早出现在那条拥挤的旱路上，把那些账单和欠款都塞进了纸皮袋子里，由四五个精明狡诈的孩子来看管。在家里，她则拿着一个小棍子闲逛，她那狭窄的、紧绷绷的眼皮下，黄褐色的眼球咕噜咕噜转着。人们猜测她究竟要打哪个。她出海了，孩子们才开始窃窃私语，才开始看电视，并我行我素。他舅舅与她截然相反，他舅舅顺从，脾气不古怪，他羞于惩罚，喜欢幻想，心思总是走得很远。那时候，他觉得舅舅比妈妈好，他舅舅也在码头工作，他的名片是用白墨水写的，像钞票一样捆在一起，上面印着一艘船。他总牵着他的手，把他颠倒过来，让他看看月亮是怎么转的。有一次过节，大家都带了糕点和茶，只有他为他们带来了新鲜农产品。他还有几个土耳其朋友，他们都像孩子一样好奇，总是赶着斋戒月促销，给他送芝麻圈和蜂蜜。

他觉得他妈妈之所以尊贵，是因为她能激发人的忠贞，并引出那些隐姓埋名的人来。无论她说什么，他们都会陷入沉思，仿佛她的话语背后有什么东西可以安顿他们的事业。她是他们那儿小有名气的人，她很富有，除了丝绸和珍珠，她不愿践踏任何东西，她总戴着一个蕾丝帽子，圆滚滚的鼻子上夹着一副甜腻的眼镜，快活得近乎发疯。人们给她煮了一壶茶，她不去喝，反倒吃了很多酸的瓜果，直到自己胃疼。若是有人哀悼，她一定会佯装大笑，然后和他唱对台戏。他们的爸爸死了，有人就来找她，她骂他是个疯子，要他也快死掉。她的咒骂声被他们拿来无穷尽地回味了。他妈妈的肝脏有问题，她说她生病是因为她雄图大志的委顿。手上长满厚茧的医生给她开了退烧药。

总而言之，读大学的那些年里，他彻底被妈妈的死惊呆了。但他那心强大得足够空旷，什么事情他都快快忘记了。只是每次接产，他都想起妈妈。他从来不欢乐，也不快活，他在漫溢的羊水里迎来一种长久郁积的怨愤——这种感情很难被具体明说。他说那些伟人、那些佼佼者，他们无一例外都是耐得住寂寞的，因为这孤独使他们不再造作——他们铁了心不顾欢乐和利益，这流亡对他们来说只能算是尽了一片孝心。他说这些人能从生命中采撷到快乐，但他或许不是这样的人，接生时他常感到一种衰竭，一种颓废，一种由劳动带来的、无法被估量的痛苦。这种磨难与宁静一样难以被人言说。他翘首企盼的是一种真相：有时候夜深人静，他就要思索，也许他盼求的已经不再是活着，而是一种庄严的死亡了。因此他什么都不需要，他决心不再复活，他说剥皮的工匠是他的心，他的心从内到外剥开他。他决心不要这颗心，不要这种解放和自由。世间的感情是要累死人的，他希望自己不要回来。

或许是这怨恨打动了鬼魂，在一次接生时他侥幸撞见了她。那是在离椰树林五里地的小村镇，他替孕妇接产。生产过程非常危险，因为孕妇患有眼病，一用力眼睛就会流血。他担心她会失明，只好用刀割开她的外阴，取出婴儿。当他缝好她的伤口，满头大汗地抬起头时，发现她们已经把婴儿洗干净了，说来多么奇怪，他看得清清楚楚，他震惊地发现这个哇哇大哭的孩子就是他妈妈。那时候，他目睹母亲光着屁股躺在摇篮里，却并未惊慌，甚至忍不住被逗得捧腹大笑。

他瞪大了眼睛，看人们给她奶吃，她吃得津津有味，扬扬得意；她没有戴她的蕾丝帽子，也没有戴她的眼镜，她的脸上有很多褐色的小痣，那张通红透亮的圆脸被泪水一洗刷，看起来像颗雨后的水果一样可爱。生意场上曾没人比她还要雄辩，如今她连身上的蚂蚁都赶不走，只能懵懂辨认着墙上写的字。那天他走了，事后念念不忘，不久后又回来了，她们一家热情款待了他，还把婴儿抱给他看，那小家伙对他又踢又捶，他觉得她闻起来很臭，但还是亲了她好几口，她天资聪颖，但他发现她妈妈太爱她，只给她喝蜜糖水，把她养得又肥又赖，活像是一小丘堆肥。他劝她们尽快教她识字，让她继续她古老的营生，可她们只是给她戴上了一个金戒指，从不管她老师布置的功课。他来看了她很多次，直到她妈妈厌烦他。他们又分开了，这次不是因为死亡，而是因为生命。他为这轮回的天真无辜震撼不已。

我们边说边走，他面色沉稳，我们听到入了迷，我们一起走过那些低矮的平房，走过那些在草甸上餐饮的人群，又回到了椰树林。人们牵着牲畜，经过那些密集的、庞大的、叠韵似的椰树，脚踩过地上散发着狗尿味的泥土，捡起地上快要腐烂的蓝色果实，又打发走那些吃得鼓囊囊的蚁群，快乐几乎唾手可得。我们到了积水旁，寂静反反复复掠过水面，蚊子们抱着医生的后脑勺尝他的味道。暑期童工们留下的塑料水桶和杯子都被堆在一艘颜色鲜艳的救生艇上，蚂蚁聚在杯口吃甜蜜的糖水，船员们在橡皮艇上睡去了。人们朝气蓬勃的精力被暴雨季节耗尽了。或许因为雨季漫漫，凄凄婉婉，而雨水般绵密的报酬也叫人心痒痒的。

他想直奔巴士站而去，但有人拦住了他，他们穿着带条纹的短襟上衣，他们走得太匆忙，和医生撞在一起，让他惊得停止了动作。

"你是不是医生？"他们拉着他，不让他走。他们说有一个人快死了。

他们引我们去一个地方，我们发现了在空调机旁打瞌睡的男人。他躺在那里吐白沫，身体发黑，哆嗦不止。他的小腿和脚踝已经开始水肿了。医生问他怎么了，他们说他吃了一个毒虫。接生大夫蹲下来，他拿手指挑走他脸上的蛞蝓和蚜虫，又翻开那男人的眼皮看，他用手指按了按他肿起的部位，他指下的皮肤深深地凹了下去。他又替他把脉，仔细地感受着他奇异的脉搏。人们喋喋不休地说着，说他是他们之中唯一一个不会驶船的，但他们都不嫌弃他笨，反倒对他十分着迷，给他铺床，给他晒被子，给他摘椰子；他勇气非凡，是一只雄孔雀。当他们看到他把那只洁白的甲虫就着一块鲜黄的海胆吞进肚子里时，全都油然起敬，他们的眼睛无法从他鼓起又凹陷的喉咙上移开。他一直往下咽，像是咽下一块石头，虫子似乎并没有滑进他的胃，而是直接掉进了他的腹中，因为他的小腹从下往上抽搐着。这一场景引得他们惊叫连连，于是他们拜他为大师，要他去当船员理事会的老大。但是他昏过去了。有个开吉普车的司机过来，提出要载他们去医院，可他们拒绝了——因为他们觉得他们的风俗就是游荡，只有海路这一条路可走。

　　接生大夫一句话不说，打开了他的手提箱，戴上了有黄丝带的浴帽，解开了那些雪白的包裹。太阳下他肥嫩的脸庞开始泛红，他不慌不忙，他胸有成竹，我们发现他并不觉得这是个麻烦，他反倒是分外欢快，当他们见大夫拿出了一把黄铜的小刀，撩开了病人的衣摆，露出了他圆滚滚的肚皮，像是切开牛油一样切开了他肚皮上的血管时，他们都惊呆了，问他为什么要屠宰他。大夫自顾自地活动着，他只是清了一下喉咙，说这样最好。

　　接生大夫干着自己熟悉的事情，他的姿态性感且稳重，仿佛被悬在由两根木头支撑起来的丝巾上。他准确地用反挑式把肉挑开，我们看见刀子滑进金色的脂肪，突入腹直肌前鞘，甚至剽窃一般打开了腹膜，椰树叶让水积了起来，而水镜中倒映出一个雪白的身影，我们发现那是一只甲虫——一只白色的硬甲虫。医生随意提起腕子，用刀尖把它从肚皮里挑了出来。它长着亮闪闪的铠甲、小小的脚、珍珠一样的触角，它翻倒在血泊上，它的嘴里吐出黑色的毒液，倒腾着自己的小脚，翅膀摩擦间发出"扑棱扑棱"的声响。它顺着血流滑走了，它慢悠悠晃动着触角，整理自己的脚和鞘翅，萤虫打它身后经过，一长串的光芒照亮了它的眼，它面目惊诧，仿佛是给什么吓着了。它似乎来自一种自豪的想象：因为它有时候暗淡无光，像一座山一样暴露在外；有时候又鲜艳夺目，却消失在竞相斗艳的花丛中。它是从哪儿来的？什么时候来的？人们似乎没有注意到它，它脚下的影子像海面一样抖动，它设法站稳，就像一位蜷缩在浴缸里、吃了颗晕眩药的妇人。大夫摘下帽子，擦净刀子。

他掏出了一个小小的显微镜给我们，让我们看那些授粉的花朵，和蜜蜂的小脚小翅膀。还看那些螨虫。它飞走了，林中吹来轻柔的微风，甲虫的草腥气趴伏在我们的鼻腔，我们听见一声虫鸣，接产大夫让我们仔细听。当我们试图倾听时，风窃取了它的声音。

男人醒了。他不知道自己差点儿死了，还以为自己在家里干活呢。问鸡怎么都跑了。伙伴们赶走了爬行的昆虫，并用草绳绑住了他流血的肚子。他因失血而显得毫无生气，疲惫不堪。他说他尝到了喉咙里蛋糕和腐烂的甜味，说虫子吃起来真臭。一边说着，他一边站了起来。人们又听见虫鸣，他们惊奇地发现那只毒甲虫孤零零地趴在一棵树上。它怪模怪样，不作任何说明。

"在这儿呢！快把它踩死。"他们喊道。他们像是蹒跚学步的婴儿一样走向它，他们每迈向它一步，就留下一个泥脚印。他们快要逮住它了，谁承想它就地变化了形态，像是鱼钩甩进池塘里一样将自己甩进了惊恐的人群中。在那阵晃眼的亮光后，它单脚立在人群里；一首歌的工夫里，人们都得看见它，它便胸有成竹，它发出高亢的嗡鸣声，把人们吓了一跳。他们匆忙、诧异、他们想一把抓住它，但这只虫又飞了起来，它开始挨个咬他们，把毒液扎进去，它速度很快，人群中它有来有往，像是在打乒乓球，看得我们眼花缭乱。他们捂着流血的脖子号叫着，不停地拉扯，不管好坏都被虫子咬了一口。它咬了他们，喂他们毒药吃，却又顺了他们的意，铆足了劲地谄媚他们；它对他们阿谀奉承，而这阿谀不仅是嘴上、眼上的阿谀，更是心中的阿谀……这阿谀让他们热血沸腾，流起口水，他们又笑又骂，像是炸肉一样蜷了起来，两朵爱情之花贴在他们伤痕累累的手背上。椰树林里多出了好多虫：苍蝇、蚊子、水板凳、蛀牛子、红头蜈蚣、秤杆虫，它们蜷缩在被雨淋湿的落草中，还有吃紫甘蓝的油蝎子挤在树根里，树的每片树叶都叠在一起，里面还夹着人脸，他们投下呻吟一般的歌声，谁满足了他们突如其来的欲望？眼前的景象多么迷乱，椰树、花丛、洼地，在一些幻觉后，它们都成了香气扑鼻的胶片。

刮大风了，港口开始簌簌下起了雨，风把雨水刮到了椰树林里，林中那些厚厚的青苔又胀大了。我们看见他站了起来，他把自己的提包收好了，他说他从不白来，所以他给椰树林里添了这么多虫——他真有本事，还拿它来卖弄。他说他心里头怨恨，他恨他的差事，恨自己是个接生婆，这些私密话他和别人说过吗？我们长久地打量着他泛起银光的白大褂，他那如寝奴般的手掌，我们看着他那如月亮般丰满美丽的脸庞，看着他的眼睛思索：他这恨真的自始至终都是一心一意的吗？他心里是不是想着酬劳更多的活儿？他觉得这是一种情调、一种玩笑吗？是不是其实他爱她们？他还走着，一阵乱风刮来，突然他的身体失去了重心，瘫倒在了苔藓上，摔到了那些温暖的虫堆和菊花丛里。虫子们都飞腾了起来，风在他脸上刻得很深，他的白大褂沾满了泥水，我们猜他只是想玩耍一番。

第九次相遇：在蛇肚里

现在乡间泥泞不堪。人群中有一种缓慢但持续的骚动。天空中的彩虹平静而安全，没有裂缝。具有镇静力量的又高又黏的松柏，与奇特的红色山脉相映成趣。杏仁铺天盖地，野杏的果实很大，像一个个轮胎，在绿叶间被太阳晒得鼓鼓的，需要三头骡子才能摘下来。石竹和金鸡菊也散落一地，花瓣大如象耳，重重地压在土地上，浓郁的香气刺眼。在花丛中飞舞的、书生气十足的蜜蜂发出轰隆声响，它们拍打着翅膀，想要撕下人们的头皮。再次前进，一粒热情饱满的种子在大地里流淌，人们好奇地弯下腰，摸摸那土地，发现土质柔软温暖，散发着清香，就能挤出油来，哪怕是死去的种子也能在这儿生根发芽。人们在繁杂的、奇大无比的植被中艰难地前进着。越靠近目的地，玉米和绵羊的味道就越加浓烈。疯狂生长的树木和花草被人们修剪，在松软的泥土上铺了干净整洁的石块。人们前进的速度明显加快了。

村庄被矮矮的木栅栏围绕着，很快，大片大片的庄稼映入人们的眼帘，它们生长速度惊人，有很大一部分已经开始腐烂了，却无人收割。乌鸦和麻雀奔走在田中，田野里弥漫着一种懒散、堕落、奢侈的气味。羊牛围了过来，它们交媾，在周围吃草。那些狗熊一样大的绵羊令人频频咋舌，奶牛身上则长满了毛茸茸的灰色苔藓，院子里还有长颈鹿和椰子蟹。所有的家猫都有狐狸的嘴，并以凶恶的眼神打着呼噜。这片肥沃的土地充满了危险。

在所有的，那些穷奢且孤独的人坐满座位时，只有一人悠闲行走在乡间小路上。我们叫她姐姐，也叫她阿扎杜姑娘，她是个仓库管理员，也兼任送货员，她是当地人唯一的出路。我们有一些旧钞票，就全卖给她了。她一张接着一张看着，动作熟练像是进货员，偶尔抬头冲我微笑，她并不打寒战，圆圆的脸上是凸起的斑点和凹进去的粉刺，嗓音清晰且明亮。她穿着一件花色的羊毛连衣裙，羊毛又快又薄，橄榄石轻飘飘地挂在衣服中间；袖子上有花纹装饰，腰带和纽扣连接在一起，每个纽扣上都有一个银环。我们常常因错过门禁而借住在她的房间里，我们睡在对床，她将我们挨个亲了两遍，我们听着她熟睡时强烈的鼾声减缓梦中的僵持。她是个热心肠，不因偏见疏远人，她报喜言善，嘴巴里将祝福说个不停。她不嫌朋友多。

我们一直以为她是个普普通通的人，直到我们一起拍照，才发觉她是个不一般的人——她拍照时并不会刻意做出什么表情。以此为锚点，我们逐渐发现了她身上不同于我们的特点：她从不调情——这并非说她是个没有情调的人，而是她回避那些有来有往的、假惺惺的交谈；她从不缠绵、从不煽情，且无论发生什么，她都不气恼，这令包括她自己在内的所有人都受惠了，我们觉得她是一个捉摸不透的人。

阿扎杜姑娘像是扇扇子一样晃动纸钱。她将我们拉进房子里，里面放着一张白蜡木桌子，木头散发着香味，上面只有厚厚的、尚未裁剪的布料。阿扎杜姑娘从抽屉里取出一个布包，里面有两叠钞票，她只是给我看了看，又塞进了包里，然后她系紧布袋子，把它放在了我的怀里。我们在一张盖着鲜红毛毯的小床上坐下，她给我们找来了她自己晒的干果，屋子里立刻弥漫起了美妙的甜味和甜滋滋的果香。她不言不语帮我们脱掉大衣，抚摸我们的头发，夸赞我们的头发洗得又美又干净，我们一起吃葡萄干，一起吃干瘪的红苹果和玛瑙石榴，我们相互依偎着玩骰子，她给我们带来一个大箱子，让我们看她的新衣服和用蜂蜡包裹的靴子，阿扎杜姑娘说衣服会被妥善保管，以便在下一个冬天到来时穿上，于是我们顺应话题，开始谈论季节的变化和衣服的颜色。根据阿扎杜的说法，由于降雨稀少，一些干香菜和木薯的叶子已经变小了，小巧的叶子上也覆盖了柑橘色的小毛，这些小毛覆盖着气孔，减少了蒸腾作用，防止果肉在太阳下燃烧，虽然事实上太阳最猛烈的日子只有一两天，但是它们需要好几个月的时间为这一天做准备，太阳的严厉程度是否反映在时间的毒性上？阿扎杜让我们躺在枕头上，我们说我们不明白为什么一个勤劳朴实的好人一生中唯一的回报就是生病。我们来到这个世界上是否只为了生病，承担病痛？

在那个居民不断迁出的乡镇里，时常有人去医院探望她。他们很好奇，透过玻璃看着，那时候她的头很大，形状像个梨子，她是个秃子，她的牙齿已经掉光了，她的皮肤又皱又松，她的脸颊上布满了老年斑，她正用一支儿童铅笔画画。他们要么是来医治她的，要么就是来捐钱的。他们在这里待了大约一年，仍然没有下定决心。他们围成一圈，她看到他们的牙齿，一些牙齿上也长着胡子的幽灵，她胆战心惊，他们问了很多，但她很快就厌倦了一遍又一遍地回答同样的问题。与其说他们想通过一些作为来改变她，不如说他们来这儿只为了经受些什么。这种行为很像早年在这里训练的头盔兵，他们出发去打仗，他们年纪轻轻上战场，倒不是为了干点儿什么，而是去接受点儿什么。他们去接受哀悼、疾病、周而复始的噩梦，一股无助的恐惧潜伏在这些活跃的心中。

阿扎杜姑娘被一位退休的缉私人士领养了，他变卖家产为她治病。忧心忡忡的一年过去了，远远看去，他正蹲坐在地上不知忙些什么呢。我们过去了，他一张接着一张往外掏钞票，说拿着它，先买点儿东西吃。彼时的人们开始疯狂地自谈，但他却选择了不同的方式，他默默倾听、默默传颂。他拿钱打发了我们，现在他进屋了，在桌前坐定，拉上纱窗，点燃一炷香。

我们曾叫他舅舅，他的外貌虽千变万化，但我们总能一眼认出他。他的头发没剃，身材又高又大，像一匹喝饱了水的骆驼。他是个相当好的男人，他的肠胃好，心情好，倘若不好，他也没什么可惋惜的。他曾在海关工作，但难以应付躲躲闪闪的外国人，于是回到了家乡。他跟着医生一道来的，但不知道现在做什么工作，不常见他出门，总是待在家里。传闻他是个半吊子的修行人，但也有人怀疑他是一位有品格的大师，他自创了一套教法，不在门外传授。他高昂的额头证明了他的价值和实力，而他那饱满的嘴唇却成了他好色又淫荡的象征。他爱清晨的人们，但他为他们感到羞愧，无忧无虑的人什么也藏不住，被夜晚欢迎的人才是时代的人。

在这个夜晚，他一边品尝着美酒，一边倾情书写："我们被一堵鬼歌墙挡住了去路，我们怜惜自己的身体，却在泥泞中洗涤它。"他放下笔，翻开一本书，前人留下的书签还在，书中写着,"他们的儿子爱蛇,轻轻地用帕子擦它们。"读到这样的文字,他就能不慌不忙地平静下来。于是他接着写:"邪灵占地,窜如活虱……我们求救,但没有用处,我们相互膜拜,但无去处。"

而后他继续扫地、写字。

到凌晨五点,养女阿扎杜推门而入。这穿着睡裙从黑暗中走出的透明圣人,正散发着猛烈的光芒。她跪着咒骂他,又流着泪簌簌站起来,结结巴巴地说:"你养我,是为了害死我,爸爸!"

"还没呢。"他说。

"你要叫我年纪轻轻烂在棺材里!"

"年轻时腐朽,死后才会焕然一新。"他冷冰冰地说。

"为什么不让我去读书?"

他阴沉着脸不说话。人们夸他的勇气,夸他的心肠,她被干渴蒙蔽双眼,他像个太阳,把她晒得又累又倦。她看着这深沉而辛辣的男人,这顶天立地的男人,这一次又一次像是绵羊一样赞美自己的男人,心中既有责备,又有光荣:前两年,她才刚刚学会与他相处,他们其乐融融,从无不快,似乎有说不完的话。她喜欢与父亲待在一起,不是因为她爱他,而只因为他周全绵密的文思。他像个学生一样谦虚向她请教,他为她写传记，他为她缝缝补补，料理衣食，他毫不费力地关爱着她，就像个无条件的仆人。她日日夜夜被父亲恭维，这怎能不让人快乐呢？她是个穿着皮凉鞋的活死人，她没有那么深厚的德行，却得到了他人的钦佩，仿佛一跃至高峰，省去了攀爬之苦。

但快乐的日子没有持续太久，他们很快产生了分歧。她上学读书，父亲却对她日益增进的知识感到惶恐，他认为这剥夺了她的灵感，让她麻木不仁，他认为课堂里的日子耗尽了她的精力，让她变成了一个口袋里空无一物、满世界流浪的富翁。为此事，他们经常吵架，每当和父亲吵架，她就一边惊恐，一边感到一种消磨时间的快感。

回到现在，楼上有人离开时，女人咯咯地笑，这笑声令她胆战，因为她不清楚是谁离开了。父亲是人群中突然冒出来的，一个眼睛鼻子齐全的天才，他不怪模怪样的，还极听人的话，这多不伦不类，这是与知难而上的决心相背离的，这几乎算不上一个天才了。她原本觉得他是个老顽固，然而他只是个苦于沉默的人罢了，他的言语唯有他自己听得懂，也从不召唤翻译。难不成就因为他不同于常人，就要他遭到普罗大众的斥骂……红色的小珍珠，闪闪发光的钻石，擦得锃亮的书印，形状各异的玻璃碎片，一艘装满了香料、肉、水果和厚厚的一沓钞票的朱红色的大商船，纷纷从楼梯上滚落。究竟是谁离开了？

夜晚，咚咚。它不可能是魔鬼，对吗？不可能是魔鬼。也许是一只猫头鹰在敲门。喜欢杏仁的小猫头鹰、胖乎乎的公猫头鹰，或是凶猛的母猫头鹰，它们想吸吮你的脑子。没人去开门，没有猫头鹰。她望着旷野，明亮的月亮挂在天空中。烟味叫人昏昏欲睡。

"你不要我读书，我就去当兵。"阿扎杜说。

他哈哈大笑，并不谈论此事。

"我若是不读书，我如何立足呢？"她说。

"你会觉得裸露的人是不幸的吗？"

"偶尔会，偶尔不会。"

"你还记得你妈妈吗？"

"我不记得了。"养女说。

"你想读书，只为了满足你的心。"他说。

"你又何尝不是呢？"养女说，"你究竟为了什么？爸爸，你叫我离它们远一点儿，就是叫我离它们近一点儿。"

"你说什么？"

"你只为了你的品德，爸爸。"

"我能为了你死了，这你也知道？"他问。

阿扎杜只是看着他。

"当你什么都懂了，你就要感谢我。"他塞回了书签，合上了那本书。

"我得去读书。爸爸。"

"你是个大师,你和那些人都不一样,你不学那些。"

"大师不怕学多点儿。爸爸。"

"你学那些有什么用?那些别人嚼烂了又吐出来的东西学它有什么用?"

"爸爸,"养女谑问,"这世上有什么东西不是别人嚼烂了吐出来的?"

"有,在你我之间。"

"你不让我读书,怕不只是想多买点儿酒喝,"养女讥言道,"你穷了,就要说我是个大师。"

这句话未能刺痛他,他平静地说:"这话不是你说的,这话是别人要你说的。那些长舌妇,那些爱嚼舌根的,你说的话是他们的话。世人嘴上说什么就坚定什么,我们不和他们混在一起。"

她开始颤抖,面色通红:"你不让我读书,您疯了不成?天底下哪有您这样的父亲?"

"你要去读书,才是糊涂了,谁告诉你非读书不可的?只是因为你可怜,您没见着好人,坏人拿你当枪使,你好心肠随他们使唤了,但是心里不痛快,因为您是个善良的。你糊涂了。"

"我不知道我糊涂什么了,我反倒觉得您有些不对劲。"养女颤抖着说。

这几天,他的疑虑又起,话也说得不利索了:"孩子,一只裂开的小蛤蜊的残骸,也可作为陆地行走。大千世界,无奇不有。有些圣人是生活在人的心里的。只要你想,他们就存在。当然,你是大的,也是小的,你的大蕴含在您的小里面。像你这样的人,难道还要悬在海面上,只是吹吹风吗?我们在这儿已经没什么意义了,干脆去……"

"您自己去吧!我要读书。"养女转身要走,他叫住了她:"明天,我们就走。"

"您能逃到哪里去?爸爸,"她摇着头说,"太阳来了就升起,变成了白天;月亮来了就落下,变成了黑夜。二人同吃一颗葡萄,却在一串串葡萄掉落的时候老去。这就是咱们的日子,你能逃到哪里去呢?人都悄无声息地死去了,咱们这儿不都是这样的事情?你走了,就能躲得过生老病死?"

"我躲着的不是生老病死,我没什么躲着的,我是叫你去面对。"

"爸爸。我得走……"

"你走不了。为什么你们没了责任心?不是你们吃的麦子的问题,也不是因为你们读错书了,不是因为你们在皮鞭和巴掌下长大,更不是因为你们生错了时代……后来我想明白了,你们之所以这么想,是因为你们个性太散漫……"

"你太散漫!"

"嫉妒与爱由什么酿制而成?由幻觉——只能由幻觉!你觉得幻觉虚无缥缈,但梦境中的一切都如钢筋混凝土,没有什么可以穿透它们,虚妄的画面在你眼前闪过无数次,你却无法觉察它,现在您面临着一项艰巨的任务,这个任务就是看破它们,看穿它们,然后回到自己身旁。您使生命倍增,您使思想飞跃。我相信这是只有圣贤才能做到的事情。您是我们的海洋,您是我们的向导,与您相比,所谓的幻觉不过是瘸子——注意这句话所开启的心。它知道您寻觅的究竟在何处,但是偏偏不告诉你。"

"爸爸!"

"您得叫我父亲。我还得劝劝你,幻觉把您的头捣成糨糊,它让您眼皮皱起,看不清东西。您不应为一时欢快而牺牲完好无损的心灵。没有意图,没有怜悯横亘在咱们的田野上,那儿只有隐喻,只有启示,一把隐喻的刀和一种启发可以洗涤我们的心灵,但是一场幻觉呢?一场幻觉让我们陷进泥巴里……女儿,一块石头挡住了你的路,你无法前进,对我心生抱怨,但你仔细想一想,要是这块石头更多、更重、更多,那它就可以铺成一条新的路，甚至是一条更好的路。你不愿意跟着我，是因为你觉得我的日子枯燥乏味，比不上你如今的日子。可是，孩子，你想想我们生活中那些英雄豪杰、那些伟大的大师，和星星般的天才们，他们都有一个共同的特点，那就是他们的生活都是乏味的。他们的生活不新奇有趣，他们的生活规规矩矩，他们率由旧章，但就是在这种规律、死板的生活中，他们的性情变得稳定，他们有了一种稳固的个性。孩子，伟大的作品就来自这种稳固的品性。"

"这算什么个性，爸爸？这是没有个性。"

"我知道你在骂我。"

"那我还能以什么评论你，爸爸？别的我什么都不知道。"

"您不知道？这是好事。有时，懵懂的幻觉反而是可贵的，过于清晰的幻觉却让一切瘫痪——现实幻觉便是其中的一大类。我要爬墙了，孩子，我要爬到屋顶上，我们的妈妈让我成为一颗星星，我就对着星星大喊，我们将能为正人君子服务，也能为小人效命。她还教我用手掌心去摸河，但我害怕掉进河里，我害怕我今天的名字就是我写在坟头上的名字，我从未能令她心满意足。我得让妈妈骄傲，我……在漂泊！痛苦和悲伤必须过去，我得请咱们的母亲感动咱们的心，她得回应孩子的痛苦。孩子，我已经摸到树了，马上就要摸到河了，现在我不怕摔倒了，现在我在打猎，不是猎人，而是像鸟一样……我骗了自己的心，母亲送我一颗人心，但我是一具尸体！我躺在这里，都是死人的幻觉，在陶克，在我的另一所房子里，我们看到过去的死者，他们都围着一块儿石头躺着，我就是那块石头。尸体说，烧掉我，你得在我的胸膛上抓来抓去——胡扯！不能留下来，你们不信任我，好人创造信任，就像好人创造自己一样。而您呢，您是我们尘世之爱的终结，有您在，我就是个活人。我怎么能把您送进坟墓呢……明日一早，我们就出发。你和我在一起。"

"我今晚就自己走了，我不跟着你。"

"不，孩子，你不懂，"他又慌了，急切地笑着，仿佛一场暴风雨即将来临；他高兴，充满激情，仍然大胆而新鲜；此时此刻，披在他肩头的宽敞丝绸发出一股腥臭味，他正盯着对面角落里的那朵莲花，那种惬意的感觉令他得以继续说下去，"您不懂。心里……想的，想的不是无忧无虑的梦想，想的是我们，你明白吗？你不像你想的那样是个孩子，你比你成熟，您想得很多，他们说什么就是什么，但您不听他们的。我们不是说：春天，你会知道，世界上没有与你不相干的灵魂，请倾听我们的声音，在这一天中，我们无法照顾自己——我想把春天换成你。而您会知道，世界上没有与您不相干的灵魂，请倾听我们的声音,在这一生中,我们无法照顾自己。您是来照看我们的,你出生,你降临,你来到这里……为了照看我们,但所有的幻觉,所有的幻觉都在折磨着你的心,每一个奇迹,每一个念头都充斥着你的心,那景象就像斧头劈开了一池碧水。我怎么忍心……嗯,你们怎么忍心,我怎么忍心再给您心上添幻觉呢?"

他又说:"这次不行,还有下次。等你死了,等你来了,我们还能见面。也许下次就该我叫你爸爸了。"

"这些根本不重要。"

"当然重要。幻觉是拦路虎。您要看着它的尸体忏悔自己。我有罪,但我是胜利的罪人。它在蒙骗咱们,人不能被享用。"

"您每对痛苦说一次不,都是在为它增添养料。你要带我走,你是咱们的幻觉。"

"这是你的执着。"

"这是你的执着,爸爸,"养女说,"现在你把它变成我的了。"

"你一直在说胡话,有些东西迷晕了你。"

"芬芳的美怎能毒害我的眼睛,爸爸?"阿扎杜打着寒战,捂住了脸,涕泪交加。

美丽的巅峰总是肉眼可见吗?偶尔看她如此多愁善感,他便要质问自己,这不就是个困于情情爱爱的小女人吗?这不就是个要在尘世里打转的弱女子吗？这沉溺于肉欲的、倾倒于甜言蜜语的、生下来就是要伺候人的女儿，她真的有什么了不起的吗？她的肚子要鼓起来，乳房要鼓起来，她要和牛马窝在一起，碌碌匆匆一辈子，然后又是一辈子……她真的能到达彼岸，成为一个大师吗？舟车劳顿，情意绵绵，她牺牲在过去的日子里。人们乐得差使她，人们只在她肥的时候和她做爱。现在，他恨不得撕裂女儿身边的两只乳房……他一边想着一边哆嗦了一下，唤她过来，还伸手摸了摸她的手臂，发现她的皮都紧绷绷的，不知道是太阳晒的还是生病了。他早早离家出走，从未闻过胎儿的味道，他是家里头最凶猛的一个，家里不能没有他，因为他是个儿子，也是个爸爸。他心中漫开一种惆怅。他怕独女摇摇晃晃掉进老虎的陷阱。在她成为尘俗的奴仆之前，他要先成为她的奴仆。

简陋的谷仓光秃秃的，湿漉漉的，这些麦子根本等不及老鼠繁殖，因为它们马上就要烂掉了。他静静看着她，某种来自神经的骚动使他在尘世中艰难地凸显出来，他以一种荒诞不经的方式打破了自己平静的心境，他与自己安稳的灵魂进行了某种奇妙而可悲的决裂，他想："美就是生活。"他又看着她，她尚未到长青春痘的年纪，甚至更加恐怖的是，她似乎前几年才刚刚学会自己擦屁股，她守在地狱门前。她就守在那里，谁也进不去。他站了起来。披上了自己的衣服。

他决定打她。他解开了自己的皮带，扬起了结实的胳膊，将皮带用劲抽在她的手臂和脸上，抽打她时，他的胃一片冰凉，而她也只是冷冰冰地注视着他，她的脸肿得很快，眼里没有泪水。她黑色的一面比她的另一半更轻，她的阴暗面比她的另一半明亮。于是他将皮带交给她，叫她抽他："你能打我多少就打我多少吧。"他说。她接了过去，却将皮带掼在了地上。她的举动叫他诧异。吹着纱窗摇动，她与磨难一同无拘无束地欢笑着。绒布铺在窗前，香已经烧了一大半了，它突然倒下了，灰烬扑腾而起，两颗火星在他们眼前闪烁，木头变得珠光宝气。一定有什么是永恒的，这是糊弄人的，没有永恒的。

看着她肿起的、痛楚的脸庞，他发现自己其实有点儿恨她。她神形兼备，美得惊人，她如此迷恋世间，她那颗散漫的心流向四面八方。她柔软至极，她作为一头母牛结出了果实。她一直都是家庭里重要的一份子，直到家庭被疾病遣散，她的目光也一直保持沉默，她无法进入那一份生死领悟之中，却自发走向了爱的运作。她体弱多病，身边也尽是受苦受难的亲友，她倒是没有把自己给混进去。她毕生都在寻求照顾、关爱和慰藉，她渴望安全安稳的日子，但她已迎来了一种源自未来的改变：她决心要毫无畏惧地面对生活中的一切，无论是喜悦、财富、疾病或是灾难。这是一种领悟，直达核心，她了悟她所能收获的唯有失去，她所失去的也不过一个字的诗意。她的帆是沉重的，但制成她的木材是精严的。她像世人一样固守着善意，而这善意中蕴藏着一种持久的痴迷。她说一些恶言恶语，好让人们遵守她的指令，也因这严厉的指令，她有了自己独有的地位，可令她的地位得以被他接受的却是她的良知。她的良知唤醒他的心，她的美德叫他打寒战，她的善行叫他对她忠心耿耿。她接纳也排斥，在这种偏移和了结中，她竟然倒退进了自己的许诺中，许诺什么呢？她许诺他，她与他是共存的；她许诺他，她将永远服侍他，而他也将服侍她。

她究竟是敌人，还是朋友？他不知道，但她并未左右摇摆，她相信有另一股力量来成就她，而这力量来自她心灵的感悟。不知不觉之间，他唯一的爱好就成了欣赏她的才华。

可当他思考她，他究竟是在思考什么？他在思索真知？他在沉思美吗？还是他正无奈地经历着嫉妒的痛苦？他感受到的痛苦，究竟来自她，还是来自他自身？是意识在分解他吗？互不融合的思想因为回忆的痛苦而变得更加散乱，这骚乱的思维恐怕是蚂蚁也无法理解的自然的终结吧。他等待自己的终结。他不应再去获取什么，行了，就到这里了。我什么都记得，我什么都忘不掉，他记得在报纸上抱怨，等待答案，等待答案，等待无数的机会，等待才是根源。他想让这一切都过去。

"你是头牲畜，女儿。"他喃喃自语。

似乎有油绿的光芒闪过，他听见鳞片的簌簌声响，紧接着，他看见了一条蜿蜒的蛇。那条蛇抬起脖子，邪恶的眼窥视着这一切。倾倒的香将纱窗烧了一个洞，它从半开的洞里钻了进来。这是一种怀揣着恨的动物——恍然之间，他似乎看到自己的肚皮被蛇撕扯得支离破碎。传说它们以唱各种歌谣而闻名，它们以孔雀、鲜花和牛为引，它们来到这里，纯粹是为了报复，不用牺牲自己的甘甜和勤奋。它们认为付出就会有回报。帷幕拉开，一代人心痛，它们假装自己是个幻觉，但时机一到，它们就会动手。这只油绿的蛇注视着他，吐出鲜红的信子。藜麦是瘦的，果实和棉花的梦想枯黑了，失落的田野空无一人，它却在沉睡，唱着永远不会动听的歌词，为它的伪装铺路。它缓缓滑动。

"它们迷惑了你，又迷惑了我。"他暗暗猜测。但他看到了人群中的硝烟，看到了中午心中的阴影、耳中的幻觉，以及逃离精神的挣扎。寂静无声时，他又想起了那本书，一成不变的文字，真正的酒香，字里行间的意义和满足，让他在蛇肚里战栗——说到底，都是一些零碎的思念。往常，这些孱弱的生物他不要去在乎，但今时不同往日，因为那蛇是仇恨的象征，它是否是养女心的映照？如此想着，他不免感到惶恐，急忙打开窗，捏着它的头，将它丢出去了。

蛇在草地上打了一个转，走了。它走了吗？它还会回来吗？我应该弄瞎它的眼睛。不能反反复复被蛇咬。女儿的声音打断了他的思虑。

"爸爸，一切都是假的。自打那个春天，自打我来到您膝下，我就再也没见着真的了。"

他不得不重新面对她。面对这头牲畜，这个暴君。

"不，你以前见着的一切都是花言巧语，当然，现如今的这些也是假的。我们要去见真的。我最近运气很好，问题在我插手之前就被解决啦。这是奇迹，这是恩典，这证明我走的这条路是正确的。你忽然听见蛇在叫，便愈加觉得自己伟大，但这是错的，你耐住了寂寞，却耐不住烦躁，心里总觉得有一股旺火。你也许会质疑我，你会思考，那些安安稳稳坐在宝座上的，心里是否也有这么一把火呢？你有这种怡然自得的感觉吗？这种听觉和视觉一起纠缠的逃避主义，这种摸索的快感，这种一筹莫展的秩序生活，这种吃了一顿便没了下一顿的葬礼，这种概念——这种感想，就回荡在你耳畔。你被扰乱了。没有人要给您一个道德上的罪名，所以您也别把我推出您的生活之外了。您是我们这儿说话最含糊的人，我那天见着您在抽烟，您是在暗示些什么呢？暗示您有一种掌控的伟力？不，你是在堕落。是不是有一天，你还会抱来一个孩子交给我？女儿，你早已无心参观我们阐释的美景，您总在悬崖边乱晃。他们说您要为我们付出一种代价？那是什么？我们总不能吃了您，叫您像是关照孤儿一样装模作样地关照我们。或许这里面自有益处，但我们不是那样的人，您当然也不是。让我们握手言谈，说点儿诚心诚意的话吧。不寻常的伤口正在愈合。今天，我们为彼此骄傲。今天，大地孤独的渴望，弥补黑夜的干渴。你要读书？你还要干什么？你为何选择昏昏欲睡？快来吧，火会阻止我们，毒会杀死我们，外面有那么多狼在嗅我们的味道。孩子，我们的童心如血，爱要祈祷十次，"他呕心沥血，"你要知道，鸟儿伸出喙，双手却空空如也。"

他感到风从那个洞里吹进来——它走了吗？

"不。你忘了，爸爸，你当初为什么要抱走我？你都忘了。"阿扎杜说。

"是你忘了，忘记死亡说明你软弱而迟钝。我感动，因为你我都是狮子。孩子，你不要与他们为伍，他们沉浸在失落、疲惫和欢乐的世界里，人们只在笼子里颂扬他们。难道我们就不能在苦难中如鱼得水吗？你要一直等到为时已晚吗？我照顾好你，以免你的身体疲惫或生病。你也要照顾好自己，我们过了河，便要丢下它，你理解吗？"

"我从未爱过它。就像你从未爱过我，你把我当作你之外的，你把我当作你的皮囊，爸爸，我是你过河的小船。"养女自持地说。

他震撼于这句话的歹毒与通透，这话剜了他一刀，他立刻跪了下来，双手合十，忏悔着：我们从不刻意折磨这具身体，但是今天，我要挫败它，以向你证明我对你的忠贞。他说着脱下衣袍，取出他的裁纸刀，专心在自己胸膛划了三道。看着血珠流出，他又顺着血珠滚落的痕迹再次划了三刀。从天而降的声音炙烤着他，他的血液发出红光，但他聆听沉默。镇子里有很多人害怕他，他们觉得他独领风骚，还帮狗吃食。但有一次他遇到一个短工，这人患有胃病，收入微薄，无处可去，他给了他二十块钱，还帮他交了食宿费。短工来到他家表达感激之情，给他女儿送了一些礼物，搞得他很不好意思。前些年，他还没有为自己赚到多少钱，还没有开始走向真正的磨难，但他有一种悲观的决心，他知道他一生所持有的怀疑和犹豫、他粗心的咒骂和被浪费的金钱，将成为一种考验，而这些考验将在他死后重新浮现——这些仍然是他痴迷的核心。此时，他守候着自己的女儿，他赤裸裸的心赞美着、哄骗着、歌唱着；他心中的感情，那一缕缕的阴影、那些低沉而遥远的爱也在传递着它们自己，这是一种醉人的美。从侧面看去，他那凹陷的眼眶里也携带着童真的光；他从那些小憩的死者脸上的花丛中走出，他心存怜悯，他静悄悄的，连泥里的蜘蛛都没吵醒；他缓慢而专注，体贴周到，他从未因幻觉而失去脊背上的峰峦。夜晚时分，他下跪，而他那双疲倦的手选择了守夜人的姿态，静静地放在自己的腿上。他知道她不会去读书了，她会成为大师，她将成就他；他感到快乐，让他快乐的是灵感的成熟。

"你是个屠夫，爸爸，"看着那血珠，养女感慨道，"但无须你操心。若我沉溺于俗世，死亡会为我挺身而出。"

她推开门走了，不一会儿便又回来了，他发现她手里拿着那条被他放走的蛇。蛇窝在她厚厚的褐色掌心里，就像是河流躺在大地上，它既不笑也不哭，只吐着鲜红的信子，肚皮上没有鳞片而长着鸽子的羽毛，一双猪眼和尾巴鞭打出一串串乐符。养女双手分别缠绕蛇头与蛇尾，随后用力拉扯，只听刺啦的声音，蛇身从中间炸裂开来。叮叮当当，许多东西从蛇腹中掉落，我们也在其中。她把蛇头丢在养父脚下，蛇尾则缠在了自己的脖子上。

第十次相遇：在列车外

天渐渐暖和了，我们家里多了几个侏儒。她们很晚才从地平线的那头游来，仿佛来自一个幽暗的僻静处，不同于我们的家人，她们沉默寡言，就连唱歌时都会抿着嘴巴。羊娃娃挂在她们的奶瓶上，她们那厚厚的、仁慈的耳垂总是令我们流连忘返，她们的每一个微表情都能轻易牵动人的心。那耳垂上戴着一副副翡翠耳坠，样式与尔拉坦的奶奶曾经戴过的那一副非常相似。她们漫不经心地撩开短短的头发，露出耳坠，命令它们点缀自己晶莹剔透的褐色眼眸……她们没有丈夫，她们在一个大晴天，用一块螨虫卵似的白砒送他们去了另一个世界。侏儒们在我们眼里睁开了眼，似乎有那么一瞬间，她们美丽的褐色眼珠变得浑浊，厚厚的耳垂被鱼儿咬碎，闪烁的翡翠耳坠也消失了。但她们依旧是那么动人，那美充斥于她们全身，令我和妹妹流连忘返。我们一眨眼，她们就同我说话。从她们口中飘散而出的不止有肺子里的空气，还有一种茫无边际的恐惧与淬毒的咒语。"别忧心，你正想着葬礼呢。"

她们突然开始大喊"人生不复来！"，围着我们的客厅欢声嬉闹。她们使用万寿菊的墨水，在地上描画火车，画完后就会拔出钢笔头丢进烧水的炉子里。她们总是跑来跑去，青蓝的领带随风飘扬。"注意！掩护！前进！"她们穿着统一的硬头皮靴和沙发打仗，战利品是一群黑黢黢的羊和一位放羊的大人——谁能战胜她们呢？她们见多识广，她们和脉冲星一起远足，她们知道天鹅羽毛和柳条的血缘关系，知道人们为何日益憔悴。她们吹着口哨挥舞着铁铲，在火车上撒花瓣，然后闻烤花瓣的香气。人们为她们煮面条，她们盘腿坐在沙发上吃荞麦面，将薄荷糖当作干姜食用。漂亮的糖浆漂浮在面汤上，闪过短暂的光芒，轻松招来山羊的目光。这群侏儒在林木匮乏、鸵鸟乱跑的环境中长大，眼珠如金刚石般坚硬，脸上荡漾着幸福的笑意。她们要杀掉我们，占领我们的家，她们陈旧的香味在我们嘴唇上留下滚烫的吻，无比真实且火辣的死亡之吻决定了我们遨游的终点，我们就是几条横线和圆圈的结合，我们一成不变，糜子的构造足以让我们眼花缭乱。

侏儒们开始磨刀了，有一个和别的不一样，别的侏儒都在嘻哈打闹，只有他一人盘腿坐在桌子底下。我和妹妹也钻进了桌子下面。

"你在这儿干什么呢?"我们好奇地问。听到人声的传唤,这个侏儒镇静地醒来了。他捧起自己的双手礼拜,这是我们的第十次相遇。

他身材歪曲,面貌也极其恐怖。他皮肤蜡黄而布满褶皱,眼窝红得像是羊血,一并捎上一对碧绿的眼珠、乳白色的酵菌泡泡、蚕豆般的囊肿;他鼻生紫疮,半张脸上都是被染成了五颜六色的胡须;他嘴唇凸出,牙齿很尖,耳朵一大一小,衣着打扮竟然比自己的主人都要华贵。他泥鳅一般疲软的手指上缀满了华美昂贵的戒指,哪怕在昏暗的阴影中也闪烁着奇异的光芒;他那又粗又硬的手腕上晃荡着价值不菲的金镯、罕见的石榴石手链和雍容的缅甸玉手镯;他身着工艺非凡的丝绸,整个人都像是在花丛里费力前行。而他那双玩具般的小脚上则穿着样式中规中矩、皮料却精悍的皮靴——就连他的贞操裤上都镶了鸟蛋般的绿宝石。我们刚刚见面,尚未来得及深谈,他却已经变得温顺而热络了。

"我可以把太阳从炉子里清理出来。"他说。

我和妹妹感受到了他非凡的潜力与威力,于是我们跪坐在了他面前观察他。人们都只关注他虚弱的、衰败的、庸俗的、扭曲的表象。谁知那外在的一切快乐均被剥夺后,剩下的竟然是轻盈且透亮的意识本身。人们认为他遭受了磨难,他却说,只要一件事情发生了，那只能说明一件事——这件事情是应该发生的。妹妹说这只侏儒的才智，不仅远超于他的主人，更可能已经超越了他博学多才的兄弟姐妹们。

"你在这儿干什么？"我们问。

"我只是在这儿。"他说。

"你明天就走了吗？"

"是的。"

"那些都是你的姐妹？"

"有些是姐妹，有些是父亲或是祖父，有些是朋友，有些是敌人，有些也是爱人。"

"你的母亲没来吗？"

"我的姐姐来了，我的姐姐就是我的母亲。"

"你的姐姐生下了你？"

"我的母亲生下了我，她是我的姐姐。"

"你为什么不和她们一起玩？"

"我等待，我要服侍。"

我们把他从桌下抱出来，让他坐在我们的膝盖上。我们摆弄他像是摆弄自己的洋娃娃，我们摸他的尖牙，摸他蜡黄的皮肤。他像是毛驴那样发出"咕噜咕噜"的声音。一种平庸的甜味悬在侏儒们的汗香中，我们察觉到一种共性的缺失。他有伟力，这股力量虽无法改变周遭环境，却能让他在任何境遇下都泰然自若。

我们有些粗鲁，因为他长得丑，他就要遭毒打。他毫无怨恨之意，仿佛羞辱不足挂齿。他的被动、紧绷、恐惧为我们创造了一种欢乐的气氛，有时我们疼爱他，有时我们用葡萄藤抽打他……花梗靠在他的手上，他的手皱皱巴巴，一动起来便泛起波纹。他摇摇晃晃地卧着，用脚趾碰触我们的脚踝，他注视着我们，脸上洋溢着甜蜜。我们沉溺于阿谀奉承的泥潭：这次相遇简单而深刻，若不仔细审视他，不细心观察他，我们将轻易屈从于他，成为他的奴隶，心甘情愿为他效劳。他坐在爱意之中，而我们则是他爱意的倩影和理解，我们如同同一个婴儿。他的额头四四方方像一块糖果，他殷勤迷人，他自己把自己洗过，洗得像女孩子的玩具，像得意扬扬的东西，谁不爱他呢？与此相对，他是个流氓，是个堕落之徒，然而他并不掩饰，他并不模棱两可，他明白自己的过错，他毫无羞耻地哭泣，这在我们这个倒行逆施的时代，这是多么难能可贵的品质！正是由于这种品质，我们一次又一次地停止责备他。他才华横溢，擅长讨好母女俩，但从不把自己看得太重，只为"大家都开心"。他带走了我们沉默的心，他用他的驯服打败我们，他用他的忠诚击垮我们，他是世界上最值得疼爱和央求的人，人们怎么会对他嗤之以鼻呢？我们都在问，他是否怀有同情之心？他是否谦虚和仁爱？抑或他是个阴谋诡计的恶棍？

或许他是个好人，所以我们后半段时间里经常来找他，他的虚弱反倒使我们从自己的郁闷中走出来了。我们意识到我们正在追求一项可怕的成就，其胜利是他人的落败。他浮肿和虚弱。他挪动着没有滋味的嘴唇，仿佛在品尝一种宜人而苦涩的香味。他开始说话，用一种柔和的、多嘴的语气：求求你们啦。奇妙的是——他还在喘气呢，我们一分钱也没给他。他半个身子都在泥巴里，面带懵懂的笑容。他的牙齿已经被槟榔染成了红色。

"您想从我这儿取走些什么，我知道。"

他深邃的体积给人以遐想，他叫花儿安心，花朵也叫他安好。他发黄的笑脸，敏捷宽容的智慧，让我们感慨万千。他将自己所信任的话语留给了我们，那话语芬芳诱人，清新、娴熟、自然，话音未落便浮现在绿草之上。看着他那被泪水沾湿了的脸庞。我们的心迎来了一种柔软的改变，他的啜泣成了一种伟大的翻译，一种无法被命名的神圣的真理开始流入我们的心灵。在这困顿的廊里，无数生命扬长而去，一种巨大的欲望依附在它们身上，唯有死亡烘烤它们、填充它们，爱它们到震惊的地步,是的,唯有死亡爱着生命。它说,我不是"礼物",我不是"朋友";我到河边去,我到山里来,我没有悔意,我是两个人的第一个,我将在这里,为你带来与你一墙之隔的光。一种灾难悄无声息地向他微笑,他在灾难和沉默中跌跌撞撞地走着。我们透过层层叠叠的栅栏看着他,试图原原本本把他看清了,我们看着他胸前那皱巴巴的十根手指,看着他滚烫的泪珠,我们再也没有勇气去催促——我们发现,他不是求救的,他是来救人的。救我们,救我们那颗要坠落的心。

大人们认为我们不应该死在平滞的路上,但我们的心停泊在了这里——一间狭小、闷热、脏臭的狭廊里;一个刻苦、悲伤、可爱的人的脚下。我们开始哭泣,胸中被悲苦笼罩,但包含了这悲苦的却是一种喜悦、一种共鸣、一种答案、一种求解——一种满足。我们学会了没有悲伤地去悲伤,学会了在喜悦中悲伤。于是我们在他这儿死了一回,又活过来了。我们感慨万千,我们诚服于他。

"你不一样,你和她们不一样,我们得留下你。"妹妹把他抱得很紧。

"抛去表象的纷杂,这是远离俗世的捷径。您在我这儿看到什么了?"他虔诚地问询道。

"穿金戴银的小矮人。"

"再看看，再看看。"

"一个奴隶。"

"再看看。"

"一个男人?"

"不一定。"

妹妹困难地呼吸着，将胳膊松开了。他滑了下来。

"您无须言辞而能直面静默，"他行礼拜，并诚恳地说，"你懂得驱使他人为你工作。这就是你们的本领。您奴役人，就如同您清洗您的双掌，您要过衣食无忧的好日子，因为你是尘世中的幸运儿。可惜您把一切都看作你之外的，这是你们的报复……"

她啧啧称奇："我们的报复是什么?"

"痛苦，而不脱离；脱离，而又反刍。"他的喉音变得像是清泉。

"人为什么要痛苦?"我们问。

"因为你们需要彼此。"这只娇小的侏儒谨慎地说着他没能说完的话。

"人为什么因为需要彼此而受苦呢?"

"当你看着一个人时，你到底是在看着他，还是看着一个已经变成尸体的名字?"

"你是说我不存在。"

"我是说我不存在，太太。"

"我还不是太太呢。"妹妹嘟着嘴说。

"哦，对，您不是太太，请您谨记，唇对唇的追逐只会让人丧命。"他说。

"你要我不再开口说话。"

"我要我不再开口说话。"他说。

"为什么，你说得多好。"

"您听到的都是您自己的声音。"

这话叫我们大惑不解，我们看着他，说这怎么可能呢？

"同一粒种子，却能同时驻足两地。罗盘位于罗盘之中，你以外的你在你以内的你之中。这就是我们的生活。"

"真的吗？"

"当然。"侏儒说。

当然，什么是当然呢？什么在当然呢？我们不明所以，我们追寻着当然，也追寻着不当然，这是我们的品位。他又说：生活是变动不居的，想要在这种变动不居中寻找一种毫无变化的生活，便是想要脱离生活、背离生活、背叛生活。你的牙齿可以咬到你的牙齿吗？你的鼻子可以闻到你的鼻子吗？你的嘴唇可以亲吻你的嘴唇吗？他欢舞起来，他把我们和旁的侏儒都

159

隔开了，他提起无须动摇，提起云层降下后的暴雨，这使我们的痛切悄悄沉入轻浮的棉花丛间。他出现，只为廓清我们错误的见解。

那红土路上掀起的飓风，令牲畜奔走，人群逃亡，压倒一切的沙尘暴将所有植被都连根拔起。尘土迷失了我们的眼，我们的双膝坍塌，我们在隆隆的香气中啜泣。他给了我们一种非人的印象。我们解开他华美的衣袍，发现他胸前开着一家殡仪铺，蛆虫从这里滴落，婴儿从这里啼哭。就连他那圈养的贞操裤里束缚的也不是贞操，而是一只长睫毛的盲眼。那只眼睛隐隐又重重，那只眼睛叫我们看到我们的深处。侏儒们还在欢歌打闹，震碎了我们的玻璃。阳光涌入房间，铺盖在尘土上，将阴影隔开了。哦，原来没有愿望才是我们最初的愿望。

"您在观察我，还把我的衣裳给脱了，放松点儿，把您的名字留给我，把您此行的目的也留给我，您遇见的所有人都是您。"

"包括你？"

"包括我。"

"为什么这么说？"

他变得喜悦，满怀感激。

"只要你们开始问了，你们就离解放不远了！"

"解放？"

"对！一种解放，一种奉献。"他像是唱歌那样鸣叫起来。

"奉献什么？"我们问。

他的心感到怜悯，他的表情变得柔和，他在我们的膝盖上晃了晃，他伸出手，他盯着我们，伸出手抚摸我们的脸。他似乎给了我们一些开解及恐吓。于是我们为他穿上衣服，想把他塞进袜子里带走。

"一群绵羊，一睹你的潜行。"他谨慎地说。

"什么？"

"你以为人家不会注意到你吗？不，你就像雨后的大地一样纯净，任何人都可以一眼看出您的存在。他们目睹您的伟大理想，并决心追随您的脚步。你为什么不去看人，你为什么不在里面呢？您为何不在劳苦的人群中，为何不翻耕土壤和饮用屋顶下的雨水？您为何不去看看这些可怜人的命运突然逆转，他们千疮百孔，混乱不堪，看看他们的聪明才智，看看他们的狡猾，您竟然忽视和冷落了这群人？这群人才是您的得力干将。他们住在一个深不可测的房间里，而门是敞开的。你的心应该是海纳百川的，您为何不进去看看呢？从他们的本来面目看到他们。您要驯服他们，然后臣服于他们。"

"你又提起了别人。"

"没有别人。"

"你先前说，如今我们受苦，是因为我们需要彼此。"

"不！如今我们受苦，恰恰是因为您啊。您受困于您的恐惧……您是当之无愧的建筑者，关于生命的一切，人类所有美丽的文明都要仰仗您来建造。请允许我跪下来讲吧，让我将额头放在您的腿上。"

"你在鼓吹我奉献，你希望我们成为你一样的奴隶。"我们说。

"您在惧怕着什么呢？"他目光如炬，反过头来问我们，"这个陈旧的，同时也非常短暂的——您现如今生活的这个世界，您为何要惧怕它？您永远不会受到伤害。当您下定决心时，一切紧闭的大门都将敞开，一切险峻的道路都将畅通无阻，您尽管去做就对了。"

"我们没害怕。"

"你们恐惧，因为你们妄图收回你们的爱。严酷的气温使您足不出户。战争的炮响震慑您的心灵。鞭打教您流泪，咒骂教您恐惧，疾病绕您膝头。您在恐惧中沉睡不醒。而这一切都是在您之内发生的。"

"我从未收回我的爱。"

"您收回了。因为您决心施舍。"

"为什么这么说？"

"你空耗时间。"

这个侏儒究竟在鼓吹什么?

我们继续听着。

"您的……梦想成真,愿这信心保护您免受愤慨与失望的伤害。愿那些敏感、忠贞、纯洁且坚韧的灵魂会发现您的存在并为您效劳。请相信您的直觉。您会做出新的选择。我相信您会带来真正的快乐。一切的痛苦都随风消散,人们将不会书写疾病这个词,每个人都变得如孩童般天真烂漫,如艺术家们才华横溢,人们依偎在母亲身边。这是一场游戏,所以您尽管放心大胆地走吧。你来这里是为了做伟大的事,因为你本就是伟大的人。"

"你说的是她,还是我?"妹妹指着我问。

"主人,我已为您重复了太多次了。"他萎靡不振,悲切地言说。我们没有安慰他。思考为我们带来一股源源不断的怒火。

"我知道了,你想要我们干点儿什么。"

"完全反了,完全倒过来了!您完全理解错了!"

"你说的是她,还是我?"

他沉默不语,出于一种怜悯,或是一种沉痛的感慨,他低下头吻我们的脚背。我们被一股恐惧所牵制,被一件尚未到来的事情所吓倒了,因为我们发现,我们和他相处相知,这份体谅他人的苦差事，对他来说却像呼吸一样自然；他关心每个人，但并不阿谀奉承；他生活安宁，无忧无虑；他们互相照顾，从不恶意打扰。这让我们很奇怪，一个人是如何对自己放手不管，反倒去为他人操劳的呢？他的如此一意孤行的迎阿常常让我们震惊。就像是我们预备铲土豆，另一头的人将煮熟的土豆塞进土里。母亲曾说过，这种依赖行为无疑就是偷懒，那么我们在偷懒吗？他的奉承行为是为了满足他的懒惰还是我们的贪婪呢？在我们看来，这两个算不上什么坏事，偶尔的偷懒没有毒，甚至我认为，长长久久的偷懒也是没有毒的，经过锻炼的偷懒里有着美妙的快感，有着如同亲力亲为、与生命酬对般的成熟喜悦。若是这里头有害处，那我岂不是早就发烧感冒了？比起偷懒的人，那些活得不够有技巧、活得了无生趣的人不是更加可怜吗？我们不害怕未知。一切判断上的不确定性，以及我们湿嫩的心弦上那名为鲁莽的并不茂盛的鲜藻，没准儿反倒能成为我们生活的导航。

我们问他什么是接纳，什么又算是抗拒。他又开始鼓吹我们，我们再次拒绝了他，并要求他区分我们。这令他感到痛苦。他浑身颤抖，胡子乱飞，畸形的牙齿也磕磕绊绊。我们成了他的创痛。他的手指在空中飞舞，话语徘徊在他四周，黑暗的边缘熟悉而充满怜悯。蜇伤移动，肉体痊愈，他在教训我们，虽说他满口否认，甜言蜜语绕着我们的膝盖跑，但他无疑就是在教训我们。他为何教训我们？他可能怨恨我们是一个不忠的人。他的批评手段是前所未有的：他讥讽我们，愚弄我们，还跪下来像个小孩那样亲吻我们，目的就是为了叫我们难堪！我们的心被他掏空了，而他却想火上浇油。

"好了，你在虐待我们。"

"而您正在行使您古老的暴力。"他说。不知不觉间，他已经站在了我们身前。他的舌头不像他的舌头，他的喉咙不像他的喉咙，他说话，像是套住了一匹烈马。他在装傻，我们还在想着书中的声音、风、雪和红墨水，我们还记得那喉咙里的声音，他的傻不是傻，那鲁钝让顶上的聪明也遭摧残，那笨的注视着那聪明的，就像是土里头的看着土外头的，那笨的简直是个活扣绞索，要把聪明人绞死在里头。他是个小侏儒，但他的脑袋是我们的三倍大。他玩弄我们，调教我们，他让我们臣服于我们的傲慢。

他一瘸一瘸地跳上我们的膝盖：

"您在思考爱与恨，它们都是交织在一起的。但有一种东西是难以交织在一起的——那就是优异人士与他们的本领本身。您并不爱我，现如今您明码标价的爱催生了许多战利品，让我们揭开它的真面目；卑鄙和暴力的爱欺骗你，愚蠢的爱像枪口一样燃烧，而冷酷和肤浅的爱只能叫您停留在你不应该停留的地方。您为何止步不前？它在你脑海中啃咬，你被迷住了，你目瞪口呆，你贪婪，你疯狂，你疲倦，你挫折，你用你所有的心思来构想它的可能。"

"爱让你恐惧？"

"爱让你离开你。孩子们，如果她们让你上车，你就要下车。"他警示我们。

谁？他在说谁？

我们沉溺在他的言辞中，庆祝过后，我们平静下来。坏事都是暂时的，我们洗筷子时，他在花园里平稳地移动，我们洗碗时，他已经走进远处的芦苇丛中了。看看这块田，又看看那块田。我们又去找他。我们想继续和他交谈，捧起他那张五彩的脸，我们这样做，倒不是出于什么高尚的目的，我们见他，是为了维护我们小小的幸福——小小的幸福在我们这儿也是有口皆碑的。

"她们来了。"他简短地说。我们猛地转过了头。

两个侏儒一前一后走了进来，她们或许是两位淑世者，她们又矮又壮实，像是冬天的树桩。前者无忧无虑，有着棕红色的皮肤和深情的绿眼珠，她戴着金耳环，围着蓝头巾，穿了一件又脏又重的大氅，只有领子和袖子被熨过。进到屋里后，她口渴似的，径直走到水缸前，抓起一壶水，仰着脖子，把水喝得咕咚咕咚地响。她或许是他姐妹。后面那个也壮如大树，还穿着一身冬装。说我们已经找到了一个，还能找到第二个。她站得直直的，然后又突然弯起背，紧接着又站直了。她没有东张西望，而是在喉咙里咳嗽了一小下，垂下了脑袋。这绝对是个噱头。这绝对是个绝技。她看起来多理智，但那不顾后果的轻率表情出卖了她。两人都是臭名昭著的奴隶主。

"原来你在这儿。"

这两个侏儒静静看着我们，我们的心弦随之震动，我们希望我们受到的羞辱比她们受到的羞辱更多——我们渴望她们不要受辱。她们衣着破旧，朴素且沉默，我看到她们那件旧冬装，那张黑色惩罚者的脸，感到既难过又羡慕。她们坚若磐石，我们心中渴望得到她们的照拂。我们与她们之间只有一段纤细的空白，这空白并未被贴上悲剧的标签，它干瘪，没有水分，甚至不是连贯的——它是由零星点点的空白构成的。这两只侏儒与我们相隔十步之遥，她们勤勉地折磨着所有的奴隶。这地方暗淡昏黄，充斥着一股腐朽的味道，这味道让我们感到恐惧和不安。她们对爱的理解并不简单。她们毫无保留，她们对爱的理解可不简单！

"好了，该把他还给我们了。"她们说。

我们不再端详他。他爬起来,从她们的双膝间走过,停在她们背后,他不拘礼节地凝望着我们的眼睛。她们把他拴在自己的靴子上。

"你们是什么人呢?"我问她们。

"朋友,我们卖火车。"

"什么样的火车?"妹妹问这两个侏儒。

"狐狸的颜色,长方形。雨后,它可以为几百只鸟提供自助餐。"她们朗朗说着。

"我们买不起你们的火车。"

"你们买不起。"

"那你们为什么来我家?"妹妹问。

"歇歇脚罢了。"

"谁会买你的火车呢?"我们好奇地问。

"那些像狮子一样躺着的人。"

"你们都是勇敢的人。"我赞叹卖火车的年轻女人、赞叹那些买下火车的人和嘶吼的火车本身。我没有勇气买卖火车,甚至没有决心成为火车本身。

"这里没有轨道,你们的火车怎么来呢?"

"已经有了。"她们信誓旦旦。

我们往外看,原来那群大喊着"人生不复来!"的侏儒在吃饱喝足后就开始干活了,她们正蹲在地上将山羊尸体整整齐齐地钉在地上。她们用尸体做了一条火车轨道。山羊轨道一直延伸到远方。这些洁白的轨道躺在未化的雪里,土地变得稠密,我们小小的院子都卷了起来。侏儒们将最后一只山羊钉在我的门口,起身擦了擦汗。我拉住了其中一个的胳膊:"不!现在山羊冻得硬邦邦的,可一旦到了中午,它们就会融化。羊不可能支撑住一列火车。"

"人什么都能习惯。羊也一样。"她说。

"你们靠什么让火车维持在轨道上?"

"靠风和日丽。"

令我们感到意外的是,侏儒们的火车竟然真的开来了。火车碾压着公羊尸体,向我们驶来。它红艳艳的车体划出波浪般的条纹,红花荞麦编成的车底架发出好闻的味道。没有任何叶绿素的走行部枝繁叶茂,鸟在其中歌舞,不可思议——火车的制动器高高悬挂在太阳上,它赤裸的脖子在阳光里有七种颜色。她们的小火车精致且活力满满,令人叹为观止。禁止生火的牌子立在它每一扇窗户前。如果是大人就上不去,但我们和她们一般高。

"我们能上去吗?它能开到哪里?"

"尽头,它能走到尽头,"两个奴隶主正拴起奴隶,用别针别上他们的眼睛,她们直起腰热情地说,"上来吧,朋友,我们一起走,看看风景。"

我们上了车,感到自己和她们的火车融为一体了,真奇妙,我们似乎变得轻盈,又似乎增添了沉重的轮廓。车外的人用力拽下了被钉死的车窗。阳光射了进来,座椅下的阴影将位置拱手相让。明光闪闪让我们睁不开眼。侏儒们开动了火车,火车鸣叫,轨道山羊也发出柔软的咯吱声,稳稳地撑住了沉重的车厢。窗外的景色开始移动。为了不使我们感到寂寞与恐惧,奴隶主们聊起自己的童年,聊起她们的梦想,聊起合乎礼仪的虐待,聊起宇宙里的撞击和排着队的活死人。在那朦胧的光芒里,侏儒们的话语间充斥着哲学的光辉,我们的心灵被填满了。

春天啊——我们仿佛重回童年无忧无虑的春季,意识到春天原来是如此美好。这里没有从山顶上流下来的山羊尸体,没有逐渐朽迈的身躯,只有最纯粹的力量。车窗外春意盎然,大片大片瓦蓝色的风信子热烈战栗。迎春花娇小惹人怜爱,德国鸢尾肥美香甜,叶片浪潮一般掀起。三色堇倾斜成彩虹,俄罗斯套娃般热情魁梧,它们在风与风的间隙里垂挂。翠绿的树木坚韧锋利,幽绿的溪流矛盾多情,金褐色的蛱蝶满天飞舞。到处都是生命的裂缝,万物倾巢而出,包裹着我们和侏儒们的山羊轨道。一切都生机勃勃,快乐仿佛无穷无尽。"美极了,真的美极了!"

我们看向火车窗外,车子正驶过街道,新客的房子窗口封上了银边,全家都是迎宾花,新住户带来了农民的油和勤劳的蚁穴,她们说,我在风中辛勤地劳作,阳光灿烂,微风徐徐,岂能不为人母?这是时间中的爱,尘土中的爱,汗水涌出、肉色绵绵。这汗与肉熏香到我背脊发凉。

母亲的孩子已经离去,村庄中弥漫着一抹悲伤。云朵每时每刻都在流逝,人们在空寂的花香中渴望成为那宽大坚硬的松树。当松树倒地、腐烂、消融、再度发芽——其中涌现一位身影,流光溢彩映照她的额头,夏天在她的脚趾间绽放,一张平静的脸庞打开了时间的空隙。在此刻,我们变得敏锐,我们感知到她就在我们周遭,巧妙的香味在空气中弥漫,引诱我们靠近,温暖的花园也成为鸽子们的巢穴。谁撒下了那颗种子,又是谁延续了这苦痛的圆环?灾难与奇迹并存,我们将踏上蚂蚁和公鸡的路途……思绪中的路径交错复杂,相互纠结,通畅无阻,只需一丝光芒,由光芒至电,由电至水池和河流,再至微笑、背叛、童年、生与死、我与我、她与她……然后循环反复——故事开始绽放。这由记忆之线编织而成的庞大网络,为何最终映照出我的身影?

侏儒的列车依然行驶着。奴隶主们侃侃而谈,在摇晃的车厢里吃血淋淋的牛肉。她们割下牛筋递给我们。这些人无疑是人的典范！人之所以能为人，是因为每个人都是人的典范。她们是经典的人，她们说自己是狗是牛，但她们是真真正正的人。此时显示在她们脸上的，的确是黄油、麦子、金子，还有牛群；但不仅仅是黄油、麦子、金子和牛群——雕饰在她们面庞上的，还有一代代的、杰出的人类生还者。她们是生还的……我们突然感到昏昏欲睡，脑海中升起源源不断的困意，我们在浑噩中看到村落蜷缩，芦苇稀疏，人们躺在牲畜的棚子里。我们又看向那只身着华服的侏儒，他身上的珠宝摇曳生姿，他神态悠闲，仿佛沉醉于奴役之中，陶醉之内却隐藏着舒醒。我们仔细看他，我们看他女婴般的眼睛和鼻子和他那张吃人的嘴巴，他是我们灵感的来源。他为人谦虚，口才极好；他天真灵动，对世间一切烦恼充满憧憬；他渴望磨难的到来，以使他以更加柔顺的心来服侍万物。他想通过智慧与我们连接，给予我们教诲，同时接受我们的教诲。他趴在车厢里，他正干着最低贱的工作。他公正无私，毫不偏颇，他与山楂的成分相近。或是阳光，或是华服，或是遥远的静谧使他完整。他不去依靠头脑，他不关心身体，他敞开自己。一种惊人的、美妙的回应正在他体内诞生——"它"会替他做出选择。

我们坐在她们的车上，我们要去哪里呢？我们看向这些可怕的侏儒，这些勤劳忠诚的聪明人，她们将一个个空匣子踩下了脚下，她们说世界上没有我们该去的地方，她们在说空旷虚化的境地，也在向我们诉说炉火、书籍、床榻围栏、牲畜田野……仆人和孩子。你出生，你就会腐烂，不是吗？世界的年龄是一种无声的振动，世界上最激动人心的是生命的号角，响了一百年。我们在恐吓与混乱中上了她们的车，我们的目的地是聚宝盆，一百年的聚宝盆。我们宁可不要这一百年。她们是一百年，她们是一百年的生还者——我们感到可怕的停滞和安逸——这可怕的安全！可怕的春天啊！这列火车将把我们带向何方？它将带我们至温暖的火炉、舒适的床铺、美味佳肴之处；它将我们引向一群如奴仆般顺从、美丽聪慧的男男女女之间；它将我们带至那些窃窃私语的眼眸和灯火通明的房间中；它将我们带入一个安稳、可靠、众人都向往的生活中。我们将有一份令人羡慕的家庭和工作，一生风调雨顺、无忧无虑，死后被安置在这片祥和的土地中。

但这些美妙的场景却让我们感到不安和焦躁，这舒适让我们昏昏欲睡。人们请求善良、沉默和永恒，我们将沉醉在这些五光十色中……世界的美丽，是隐隐聚集的腐烂，而绚烂生活之后隐伏着仇恨的洪流。已有无数前人警示我们：无论多么珍重、完美而快乐的生活，厌恶都会悄无声息地猛然袭来，一种毛骨悚然的空虚将人拖至不满、悲伤、愤怒、痴傻的深渊。再美味的食物在口中也如嚼蜡，再强健的身体也会疾病缠身，再美丽的容颜也将衰老，金银财宝化为尘沙，珍珠变为腐肉，甚至尘世间多变的爱也转瞬即逝。

以迅猛之力所迅猛获得的一切将迅猛地消逝。我们应当踏上全新的道路。也许在这条道路上，我们仍会过着与世间无数其他生活相仿的生活，甚至是我们所憎恶的生活——充满危险、恐怖、诱惑和沉溺。我们或贫穷或富裕；我们或任人宰割，或畅游世界；我们或肉身存在，或文字流传；我们或被铐上镣铐，或受时代伟人赞誉。然而，在这新道路上，一切都失去了往昔的严肃，变得如孩童游戏般活泼且轻松。即使面对敌人，人们亦能感受到喜悦、满足与感激。在这新道路上，我们能永远凝视事物的本真面目，而不加以评判。可这些都不在侏儒们的火车上！不在任何经验丰富的人手中，更不用说在安全的栅栏中了——她们的目标是百年，她们走的是一条有始有终的、一百年的路。这条道路看起来是正确的，为人称颂的；实则凶险，可怕。顺着此路，我们纵情享乐，沉迷于情感纷扰，然后随自身惯性，无数次做出同样的、分毫不差的选择。

随着我们下定决心，一声尖锐的鸟啼声骤然响起。一只在林间飞舞的珐琅鸟！它敞开了自己的胸膛，蓝色的羽、鲜红的胸脯、翠绿的眼睛，它在高旷的空中，环绕着这列火车，在三张黑沉沉的嘴的啜饮中，在一双紧闭的双眼里寻找自己的碎片。珐琅鸟说春天把工匠变成了屠夫，微风萦绕着它，成了割裂喉咙的尖刀。而它已经枯萎了。这只美丽而脆弱的珐琅鸟将会碎裂！碎片！一地的碎片！还有什么是完整的？我心中感到恐惧，为我所穿戴的空虚空间，为一只终将摔落在地上、摔得粉身碎骨的工艺品小鸟——我一直恐惧的厌恶之情正在我心中升腾。我们闻到机油味、柏油烧焦的气味，我们怎能等待这只鸟成为我们的心？

一种奇妙的冲动激励着我们，我们打开车锁，敞开了门，在侏儒们惊叫声里，我们往下跳。车子急忙刹车，我们滚在地上。侏儒们全都出来了，她们那厚厚的耳垂也开始发汗，那一副副翡翠耳坠上浮现出了惊恐的人脸。我们不顾死活地跳下了这列终将驶向富饶与幸福的火车，这令她们感到难以置信。那两个奴隶主也下来了，她们的嘴唇上沾着血，她们垂下的眼睑上敷着冰块，她们棕红色的皮肤上冒出了一道深深的障壁，那深情的绿眼珠正注视着我们。我们的脑子越转越快。我们吓得避过脸去，只听见人群的吱哩声。

"你们往哪儿跑？"

她们用手拉着我们的衣领和头发，将我们从地上拖了出来。

她们掐我们的大腿和屁股,她们用力捶了我们的背,还亲我们的嘴,她们惊喜地等待着,直到我们发出惨叫声,她们就哈哈笑起来,又来拉我们的耳朵。在满是瓦砾的轨道上,她们发出一声恶臭的叫声。我们想趴下来,但是她们又把我们拽起来,她们命令我们站直了,可当我们真的站直了,她们却又讥笑我们的服从,她们呵斥我们的一举一动,她们冲我们吐口水。我们像一株株被抽打的麦子,失落的谷粒落在地上。

她们都是混血儿,但她们没有混人的血,她们混了魔鬼、饿死的骆驼和海洋的血,混杂了猛禽也混了恐惧的雷雨的血。她们咧嘴笑,鼻子也皱了起来,说我们闻起来就像是一只挂在鞍上的耗子。我们挨着她们,她们想让我们吃点儿苦头,她们能让我们吃点儿苦头,她们有着重复了两次的手臂与双腿,重复了十次的手指,没有任何重复的横冲直撞的鼻子,她们那眼睛叫你容忍她们、服从她们,因为那是邪恶的乃至歹毒的控制狂的眼睛,盯着你每个脚趾的动向,稍稍偏离轨道,她们就恶狠狠扇你一巴掌。她们的手红润明亮,骨节发出清脆声响,她们在我们的衣服上擦拭她们的汗水——她们当然得流点儿汗,不然她们心里那团火能把她们自己烧着。她们真实的汗水的气味,汗水与皮肤和皮肤与布料之间交融的人的香气,混合着酒精与千万只眼睛,混合着小小的无限的刺鼻的虚假的花香气味,荷尔蒙的套式，产生了惊人的力量。她们是有力量的，这力量让她们的味道也有力量。她们展示她们的力量，就像阖起一道门。她们就在我们面前，我们闻着她们的味道，被她迷得晕头转向。她们人的气味相当大，好像生怕别人不知道她们是个人，啊——她们是个野兽！我们瑟瑟发抖，我们恨不得钻进地里去……但是，我们发现自己只想一头扎进喧哗的苦难里头！

她们仿佛洞悉了我们的顺从，看透了我们将痛苦视为快乐的心态，她们一览无余。在她们身后，那只长着五颜六色胡须的侏儒安稳地跪着，对风暴、珐琅鸟、鬼魂，对粉身碎骨的我们以及那些鲜血淋漓的暴徒毫不动容。他仿佛一位毛茸茸的女孩，额头环绕着一圈花束，他泰然自若，相较于我们，他多了几分轻松、几分自由。他心怀一颗金子般的心，默默思索，脑海中吹拂着一阵美丽微风，几乎将我们吹散。他冰凉滑溜的嘴唇如同一把打哈欠的刀；面颊浮肿虚弱，立于我们每个侧面。我们处于危险之中，千钧一发，侏儒们递给我们一张通往死亡的狭窄而可怖的门票，一纸名字镌刻于坟墓。在威胁中，节日向我们唱起快乐的歌儿……不，不是节日，是他！是我们的侏儒！众人皆赞他的胆量，这经验丰富之老手，这个生还者的典范！我怕激起伤心事，她们却再次将我们搂在了怀里，在不失时机的模仿之后，她们为我们的逃避而感到愤怒，她们为这急促的抓捕感到心满意足,她们向着文字的浅滩荡漾开来,她们成了一首带着遗憾的诗。幻觉之谷,岂止是泥泞?

我们看见他身上的宝石项圈,那奇异的戒指,那些金镯和丝绸。我们又看到他身上一连串的质疑与服从。我们决心不要受苦,于是推开了奴隶主,拉上了他的缰绳,我们说:你得和我走,和我们走,我们要走另一条路。他却说他要走他自己的路。夜晚的凉意让我们的喉咙发硬,狗还在叫,稀疏的声音之后,一双古老的翅膀展开了。随着我们的催促,他像戒指一样沉睡着。我们说我们想让你成为主人,你却想成为奴隶。他说,哪里有需要喂养的嘴?哪里有需要满足的眼?

第十一次相遇：在节日里

我们家有两位机械工程师、两位电工、一位材料学家、一个厨师，还有三两个青年工作者。我们家没什么发愁的事情。即使我们忧心忡忡，花儿依然芬芳，人们一时的痛苦模糊了它们的香味。有些人钦佩一些经验丰富的好手，有些人则不然，他们坦率地说，经验是表里不一的，因此好手再多也无济于事，如今孩子们的脸都是一样的悲伤；他们还说，广阔的视野可以创造广阔的国家，但太大的国家往往都倒霉透顶。

两年前，在永久停工后，姨妈收获了一个关于疲惫的巧妙表达，那就是肠胃病。这病里寄托了她多年来的一切年轻动力和灵感。她和朋友谈了谈她的肠胃问题，朋友不断提醒她所有根深蒂固的、无处不在的药物和叫人发痒的磺胺，这些装置将健康隐藏在远离世界最深的金库中。但没什么能挪动她。这绝不是因为她发懒，她不是在老鼠偷偷吃了很多东西后还想继续睡觉的主人家，她是个很有责任心且眼睛里容不得沙子的人，她是个正派人士,她从不对她的爱犹豫不决,哪怕她病得再重,她也从来没有完全失去食欲;她只是礼貌地对待她。她仍然有一些过去的魅力,像我们的妈妈一样,她的品位更好,总在享受音乐,人们有时候和她一起听音乐只是为了取悦她,她说即使你在带子上站了几百万次,肠胃病也会一直陪你到一只螃蟹读完大学。她为什么瘦成这样了?

一对黄铜耳环已经到门口了,我把它们落在市集,一位好心人给我送来了。魔鬼就是跟着它们走进来的。这个童话般的事件让我感到迟钝和迷茫——我家里来了一只魔鬼,而这只魔鬼曾是我们脑萎缩的舅舅。这不是雾和烟——这是一只魔鬼,它看起来像个人。再牢固的墙壁它都视若无物,它自由穿行于其间,我们不得不在一夜之间失去所有职业。屋子里满是蜘蛛和障碍物,魔鬼夺走了我们的一切。孩子们在它面前强调了她们的舅舅对她们的残忍和不公正,舅舅总是催促她们早点儿上床睡觉。它试图鼓吹她们谋杀,说一方有弱点,另一方就拼命憎恨。院子里的鸡看起来冷冰冰的。牛的蹄子浸在牛粪里。我们需要人来说服魔鬼,于是把哲学姑娘叫起来,却发现她也生病了——这可比我的肠胃病严重多了,她看起来像是要死了。她无法驱赶魔鬼,刚出生三天的婴儿在替她煮药汤。我们提起工会,提起魔鬼在屋子里织网,她说,我要和姐姐妹妹们在一起。于是我们拨通首都，放松的、又轻又牢固的嗓音传来，一口流利的废话：

"首都还在，请放心。"

我们恳求她前来，说这里有位病人，还有一个怎么都赶不走的魔鬼。

"让激情去吧。"

"只有一个？"

"她一个顶一万个。"

她说她要派激情姑娘过来，以协助我们逮捕魔鬼，魔鬼蹲在桌脚旁偷听我们通话。得知激情姑娘要来，它露出心满意足的笑容，因为它同样为了逮捕她而来，这是一个阴谋。我们说激情姑娘不会为了一个哲学病人而奔波，它说今天是个节日，到处都有庆祝活动，激情一定会来。

果然，激情姑娘很快就到了。她突然出现在这里，叫我们有了依靠。她只带了一箱行李，两双袜子放在口袋里，鞋底满是牛粪，鞋带都已经发绿了。她多么年轻，身上没有疤痕，牙齿还没换完，她有一个近乎乳白色的饱满的额头，她的脸颊在阳光下发出紫色的光芒，她满脸笑容，她精力充沛，有点儿自大傲慢，头脑转得非常快。她心胸宽广，着手为我们解决问题。我们问她姨妈是怎么回事，她称之为疲劳症，用脚踩了踩姨妈的背，姨妈很快就睡着了。她果然神通广大。她真的很神气。于是我们提起魔鬼。她借走一根棍子，打在魔鬼的头上，魔鬼跑掉了，她还追了过去，他们绕着屋子跑，鸡飞狗跳，一直在睡觉的姨妈又醒了，她的肠子又疼了——如此看来，激情姑娘还没学会如何妥善处理问题。未来的战争将医治这位年纪轻轻的女王吗，她将听从坟墓的声音吗？她将在主人的行列中旅行吗——倘若真的有敌人！太阳被过去追逐，只能在黑暗中找到我们的家。

她在我们的家中受到长久的欢迎，我们款待她，希望她去更远的地方，因为向西流淌的河流在深海的水中——她应该去海里。因为我们中了魔鬼的诡计，很有可能会害了她。

魔鬼很快就被抓住了，它原本蹦蹦跳跳，将激情姑娘引入泥潭，她不慎掉进去，沾了一身的泥巴，她像一只小猪一样在泥巴里打滚，真是狼狈极了，但是她挥舞着手臂，拉住了魔鬼的尾巴。魔鬼原本嘻嘻哈哈看她笑话，没想到她如此倔强，于是它邪恶地说，我来打个招呼。我问候你是因为您想成为主人，而不是奴隶。您认为每个人都应该跟随您，这个愿望深深地刻在您的灵魂里。您总会犯错，但是无伤大雅。鄙人此次前来，只为了服侍您，我只能向您表示我的尊重。您应该打开自己给我看，说这是我的肚皮，宇宙是从这里头爬出来的小玩意儿——一切都从这里来,也得回到这里去。我不得不提醒您啊——在不远处,奴隶制正在运行。在那里即使是最愚蠢的人也有占有的本领。他们才华横溢,从欺凌中获得成就感;他们不放过任何一只鸟,只为了自己能够拥有它。

"我可没把你排出来,你究竟是什么,"激情姑娘说,"蠢东西!"

"收一下您刻薄的评价吧,您没什么错,只可惜……"

"可惜什么?"

它闭口不谈缺憾,开始赞美她,说她是多么伟大。

"您与哲学全然相反,她徘徊不定,已经被绊倒在路上。鄙人瞧不起她,所以才来见您。鄙人不想让任何人告诉您我所做的一切都是为了您的利益。若恰好您无法理解我的爱,那您就会一口咬定我的爱是奴仆的爱——您从未想要依附我。我们是平等的。我爱您,您也从不在我这儿吝啬您的爱。我希望在您心头,我是一个值得你尊敬和佩戴在胸前的小人物。我是个值得您爱的小家伙。快说你爱我。"

"你怎么前言不搭后语?"激情姑娘问。

"我将永远爱着你,即使我老了,即使我死了,即使我年轻时的好日子永远消失了。没有人可以夺走我的爱。但凡您走过的路,我都走过了。我像七层楼那么高,我杀了一条鲨鱼,还得用鱼叉把它搅碎。"它这样说，但随后就倒在她身边。魔鬼说要带她去支离破碎的小船里。

激情姑娘不在乎这些："我不听你说话，哲学姑娘生病了，一定是因为你。不过我没时间和你闲聊，我要找个医生过来，给哲学治病。"

她推开门走了。激情姑娘活跃而炽热的步伐伴随着乡村的巨变。她坚决地跳下去，溅起水花，这些巨大的门窗紧闭，塞满了囚犯、疾病、骡子和野公鸡。她渴望的是一个坚实的掩护，她寻找理由让哲学振作起来，她祈盼以责任来回报不朽。谁承想，在她来到幻想中时便已经历了幻灭。

当她离去，隐秘的魔鬼与哲学交谈了起来。

"您不去参加节日吗？激情已经走了。不为了幸福，但为了生活。又或许你认为这是一个挑战——还是阴谋？"

"什么节日？今天什么节日都不是。别管那个。她是去找医生了。"哲学姑娘说。她变得多么虚弱，她依旧躺在病榻上。

"这当然是个节日。您说您不去参加节日，这是个明智的选择，可惜激情姑娘走了。您看外头的人多开心！多热闹！您还是没有了解节日的真实面目——您没有看穿啊！鄙人需要提醒您，它的存在是为了播下矛盾，这个阴谋正在狷獗。它们不优雅，且缺乏温情。它但凡有一点儿良知，也不至于一头扎进您的怀里。庆典和盛宴就是阴谋和狡计。您何必忠实地为它们工作？您要成为可怜人吗？"

"胡说，今天根本不是什么节日！"

"激情骗了您啊！她说她要去给你找个大夫，但那是谎言。她为了节日，她只为了参加节日。激情骗了您，激情欺骗你！激情去赴宴，没有埋葬您。尽管您生病了，她还是在享受她的节日。您早点儿抛弃她吧。"它颤抖着，仍然试图通过她的脑子，但哲学推开了它。从它的喉咙里传出微弱的声音："激情是属于你的。但她的任性太让人讨厌了。"

"她去找医生了。她想让我好起来。"

"哈哈，哈哈，她想让你萎靡不振，她去吃喝玩乐哩，是为了过节。不不不，咿咿呀呀——好，好，出来吧，再见，难道是节日强迫她的不成？蠢人！"魔鬼捂着嘴，咯咯地笑着。

"今天不是节日。"

一来一往，哲学姑娘忘记了医生。它试图在她和节日之间创造一种关系，且它似乎快要成功了。它说："有一种后翅退化的横行蠕虫寄生在人身上，它们刺痛肉体并产下褐色的卵。如果有人用手指挑弄它，它就变得五光十色，迷人眼的颜色浮动在人们眼前，然后它趁机溜走。如果没有人挑弄它，它就趁着人们睡觉，在人的皮下产卵——它们就是这么繁衍的。它们为人的梦想祈祷，感受税法的温暖。您仔细瞧瞧您宿舍的外墙，那里满是这种节日小虫。它是黄绿色的、淡紫红的、蓟色的、鹿皮色的，像一只苍蝇，腿很细，只有一只脚很长，像穿了高跟鞋，它们还有半透明的翅膀。它们进门时不动。它们吃墙漆吗？不，它们不咀嚼食物，它们吃土豆。它们就像吃大豆的虫子一样，遇到难题，它们有自己的解决方案，根本不需要人参与。它们趁着您睡觉，在您脑子里产卵。生个不停。我们有我们的吗？我们有我们的解决方案吗？是的，我们有一个解决方案。那不就是杀虫剂吗？那不就是毒药吗？您想一想，何必躲着它们呢？您站得远远的，将毒药撒过去——这也不失为一个好办法。您怎能任由节日小虫蚕食您，您怎能因为牙齿不锋利而挨饿。还有一只小虫，它叫黑青小蜂，它通过自己的产卵管注射蜂毒，然后产卵管变成吸食器官吸食被腐蚀的体液，然后它产卵，然后再吸食，然后再产卵，反反复复，直到掏空您——哎呀，它卵量显赫。这类节日小虫，这些趴在墙上的，趴在气球上的，趴在盛宴上的小鬼，它总是先削弱您，然后将自己塞进去，让您误以为它就是您，真是卑鄙。您想一想，它们就这么干下去，最后您还剩下什么呢？难道真理意味着拥有一个节日的身体和一颗节日的心吗？难道真理意味着您能够在一个残酷的节日上支持自己和每个人吗？当真有这种好事？不，积习生常，节日即是常俗，节日想让您变得软弱，而庆典上的欢声笑语想要迷惑您。"

哲学姑娘的眼睛咕噜咕噜转着，说她不认为节日是虫子，若节日真的存在，那它反倒是她的一部分。她当然可以庆祝它，而不是对它心生疑虑。

魔鬼摇头晃脑："不不，这您就错了。鄙人对庆祝活动既有信心又有疑虑，您以为鄙人在庆祝吗？所以鄙人生来就是为了庆祝您？您到底在哪里学的这个词？您生来不是为了庆祝，您生来就是为了与众不同。没有人像您，太阳和月亮也和您不同。但是节日呢，节日巴不得您变成它，它希望您变得和它一个样！是的，节日准备做坏事——节日希望您像节日一样。"

"太阳和月亮同我没什么分别，我和别人也没什么区别，甚至连你也……你别想糊弄我。"

"节日准备做坏事！"

"但节日是美好的，如果没有节日……"

"哦，胡说八道，我来问你，"魔鬼的声音听起来尖锐而有趣，"您认为什么是最美的词？不可能是节日，不是吗？不可能是一个节日——是庆典吗？您得告诉我哩。"

"爱是最美丽的字眼。绝非什么节日。"

"这两者有什么区别呢？您要仔细看它们的脸。"

"你说激情姑娘离开我是为了消遣,而不是为了爱我。你说这一切都出于外面正在举办盛大的节日,所以你希望我怀疑节日,同时怀疑激情姑娘。可我如此疑心重重又有何用呢——怀疑有什么意义——我会成长吗?恐怕不会,我将不是死于热病和病毒,而是死于我自己疑惑的心——我将死于与我自己相反的心,我将死于我自己的对立的心,这与节日毫无关系!"哲学姑娘说,"所以,你是胡编乱造的,你要我死在自己的心里。我得看清你。"

为什么我们总是在争论不休,这种阻力来自我的内心吗?她感到困惑和担忧。她与魔鬼几乎在同一频率上,她是不是被骗了呢?讨厌节日与爱对她有什么好处?你为什么一直盯着我这么久?她问魔鬼。

——因为一切细节问题。

——什么细节?

——我不知道,您身上有这么多细节。

——但你说过……又或许我曾说过,空荡荡的房间才是想象力的所在。

——是的,你是对的,你说的也是,但那是想象力的归宿,却不是我爱的归宿。

哲学姑娘意识到这是一种忏悔,带着缥缈的欲望,于是她向前倾倒，在魔鬼的脸上轻轻地吻了一下。它仍然像往常一样看着她，于是她又亲吻了它的眼睛，当她再次移开时，魔鬼已经改变了它的样子。

"既然您刚才谈到，爱是最美的词，那么鄙人则负责将爱发扬光大。它是冉冉升起的太阳，可您似乎并不想研究它。先知的总数多么少，再也不能少一个了，我们迫切需要您的临在。秋天的火焰挂在爱的顶峰，灵魂挂在群山之上。鄙人来到这里，为了与您探讨爱的内涵。凡是被创造或模仿的东西里都有痛苦，因为爱无法被创造也无法被模仿——因此真正的爱里绝对没有痛苦。可见这世上没有真正的爱，您想开点儿吧，我们这儿的爱就是一场彻头彻尾的闹剧。鄙人来这里，为了帮您分担苦楚。"多么疲惫的舌头，多么陈词滥调的语言。它缥缈而可疑，被钉在虚假的木桩上，一动不动。

"我不会再和你说话了。"

"请热烈地恨我，你为什么爱？你为什么要信任节日？为什么要信任激情？留在这里，吻我。"魔鬼变得惹人怜爱，它的眼睛像蜻蜓一样打鼓，声音也变得甜美，它的皮肤散发着香气，甚至它的尾巴都鼓了起来，像是一根玉米。现在让我看看你。哲学姑娘瞧着它，瞧着它皱起的皮肤，魔鬼继续甜言蜜语，它说我是您的小奴隶。哲学姑娘看着它的眼睛，判断它是否在撒谎。魔鬼说，是的，我服从你，我是你的工具、小伙伴、你的朋友。她知道魔鬼只是在跟她开玩笑，但她不由自主地爱上了它的魅力，吻了吻它的脸。可惜，他们的争吵总是以接吻开始。魔鬼不停地说："但你停在这里和我一起思考。只要你和我在一起，我就和你在一起。你没什么好担心的。我只是为了让你清醒，只是为了让你振作起来，让你于痛苦之后迎来一场清醒的颠覆。当你触摸你完整的皮肤时，你会想起那些被你烧毁、欺骗和操纵的可怜人——因为你是卑鄙的哲学、火辣辣的哲学、以自身迷惑人的哲学。在你感到内疚之前，你又会把他们统统忘记。我深感荣幸。我们不惩治你，因为您也是伟大而合一的意识的一部分，我们只是启迪你，盼着您自己叫醒自己。这就是我们能做的一切。"

"什么？"哲学姑娘变得警惕，"你在说什么？你果然在骗我！说清楚。对了——医生……你藏在哪里了？你把医生藏起来了。你说激情姑娘去参加节日了，我就当你说的都是真的——既然如此，那我就自己去找医生。"哲学姑娘需要一个医生，她说着就要往外走。

"哎，你怎么了？我们刚刚很好。你还在吻我，你在吻我。"

"说清楚！医生……"

魔鬼像狗一样一屁股坐在地上，它又变得像个讨厌的东西：

"如果您参加这个节日,您就得死在我前面了。"

"你在胡说什么?怎么总在说节日,今天根本就不是节日……我也没要去参加节日,我去见医生。"哲学姑娘变得迷茫。

"你一出去,就要参加节日!"

哲学姑娘惊呆了:"什么?"

"你必须死。如果你参加了这个节日,你就会死!"它尖叫得更响了,几乎像一种诅咒。

"你来这里做什么不好,你去喂鸡吧——你把医生藏在哪里了?"

——您干脆将鄙人扒开吧!

它发出凄惨的叫声。

——您这样拍拍打打没有用处。你只是给了人们!给了人们他们本就有的东西。你不必为自己鼓掌;谁都不敢承认你是一个过去的人,因为大家都怕您。没有什么可以折磨你——除了粗鲁地说出让你心烦的事情。人总是在说已经发生过的伤心事,节日总是带来复古。不要听他们的。你得告诉这群人,是的,因为我不是过去的人,不是未来的人,我甚至不是现在的人。但我们是活在此时此刻的人。转动你的头,从一个角落到另一个角落,但别用眼睛看它,您得忽略你的思想,忘记你的身体。你的身体,年轻的身体,把它留在你的心里。你的孩子拉扯彼此的尾巴、作恶、被殴打——甚至被绞死。当他们开始谈论您的伟大时，你更应该想起自己究竟是谁。火焰将继续燃烧。

哲学姑娘想要抓住它，它变成一滴脂肪，顺着桌腿流了下去。

"它凭空造出了一个敌人，就是为了让我驯服。原本没有节日，当我开始怕它，当我开始避讳它，它便出现了。"她用袖子擦去了那滴油。哲学发着高烧，她感到头痛，认为节日毫无疑问已经结束了，它们引领的一切都已经进入了停滞。它们只能通过长久的痛苦换来短暂的快乐——它们已经被灭亡替代了，它们在死亡前一秒钟出生。眼前一团迷雾，和一只魔鬼！当她试图擦拭干净它，它又出现了，紧贴着她的嘴角，惊恐地诋讥她；它不会消失，魔鬼喋喋不休。哲学发出惊叫声。

——您是一颗闪耀的……闪耀的星星。

她无法承受压力，愤怒地流下了眼泪。你是一颗闪亮的明星。它重复一件可怕的事，一件微不足道的事。哲学心想，啊，可怕的东西，坏东西，毒害了我的心。人们通过将回忆缝在一起，以改变时间的进程。她说自己的语言，她咕哝着：你逼着我热衷我自己。

"没一个人是靠得住的！"她翻过身，挨个捏自己的手指。

我要去田野,她说,我待在这里什么也干不了,他们甚至不让我喘气,这里都是我厌恶的人,我在这里,比屠宰场里的鸡还肥,可这又有什么用呢,我想离开这里,到那里去——我要离开这里!在这群人的簇拥下,黑夜在奔跑,马儿在被马儿打,我们在煎熬着自己!在这里我是个强壮的下蛋的鸡,我必须离开这里。魔鬼开始讲述不公正和淫乱的杂交往事,哲学姑娘没有陷入昏迷。她得去找个医生。

几乎在她这么想的那一刹那,魔鬼又浮现在她眼前。她看着这个恶魔,自思自忖,思考着它的计划和阴谋。她伸长了胳膊打开了窗户,企盼魔鬼自己跳出窗户。一阵冷风吹进来,吹得桌上的纸哗哗响。它从罐子中间爬出来,一边咳嗽一边吐出一些口水,它是如此温顺,甚至没有穿任何衣服,胸前挂着一笔财富。它平坦光滑的毛发瞬息万变,或者说它是皮毛本身?但是风儿吹进来它就变了,从它那里传来一阵马蹄声。她不想去看那伤人心的魔鬼,重新拿起笔,若是妈妈寄来她的汗巾该多好,她想。魔鬼打断了她的思路。

"请您看看鄙人。您轻视了那些幽灵,那些狭隘的思想和贪婪的心。您会因此而受苦。这绝非危言耸听。我已经犯了难了,并因此成为一只皮毛光滑的老鼠、一只喀扎托。鄙人曾经喜欢复古,但我现在恨它。"

"你恨什么?"

"照鄙人看来,只有莠民记得曾经的繁华,只有莠民们在缅怀。您瞧瞧鄙人,只有一根尾巴了,我只有一条尾巴,当我想到过去时,我只能记得我有尾巴,但莠民可以记得很多,他们记得美酒佳肴,记得美奴绕膝,记得所有人都是那么温和得体——只有莠民记得。他们在缅怀,您呢,您也记得吗?鄙人劝您放下回忆——您只停在这儿,叫鄙人侍奉您就足够了。您不需要医生,也别想着医生,因为医生们早死干净了。只有莠民在缅怀。您是否也在缅怀?您在缅怀您曾经有过三千个奴仆吗?您在缅怀您是曾经的胜利者吗?您走到哪里了?请您回头看看,谁用巧妙的技巧削弱了您?您变得虚弱,这是谁干的好事?请您回答我吧,这是谁干的好事?哎呀——当然是您自己,当然是那些回忆和回忆里的节日。"

它说只有莠民在缅怀。这话叫哲学姑娘吓了一跳。她盯着坐在那里的恶魔,她盯着蜷缩在那儿的恶魔,它发出老人的鼾声,尾巴上摇晃着一颗婴儿心脏,它每时每刻都在变化,它说:"只有暴徒在……"

暴徒在缅怀!哲学姑娘浑身颤抖,她猛地抓住魔鬼,只发现它的一只小脚。她摸索着,它的尾巴投下阴影,它的谄媚消磨了她对它所剩无几的同情心。它在光线下变色,有着混血儿的皮肤。她重读它肚皮上写的字,嘴里又甜又咸。她又把窗户推开了。魔鬼说你已经够好了,但我们需要的是一剂好药。魔鬼悄悄地说着奉献。她迫不及待地要跑出去大喊,随着魔鬼的反复强调,她突然感到一阵剧烈的厌倦。她恨它,她讨厌它,她看到它就不得不担惊受怕了。她咬紧牙关,把它从桌子上扔了出去。快离开这里!给我滚出去!然后她拉开门,想把它踢出去。但冷风拍打着她,她看着远处模糊的边界,看着嘈杂的尘土随风飞舞,感到一种不同的坚硬,这坚硬让她心中一沉。她关上了门,回到了桌子旁,合上窗户。我知道这个小家伙想干些什么,它就是想看看哪个白痴会把自己供出来。她对魔鬼说,不要把我拖入痛苦之中。

"只有您知道要怎么做。您知道该往哪里走。下一个冬天,人们将迎来数不胜数的磨难,唯有您知道出路。别丢下我们不管不顾啊。"这个声音从她身下抛出,击中了她的脊柱,使她的胸口剧烈起伏。在她还没来得及询问她要做什么的时候,它便开始引领潮流。那声音消失了。但魔鬼并没有离开,它俯身在梁上,它一动不动,邪恶的眼珠咕噜噜转。这些往往是正确的吗?她嗅到橘子的香味,她抬起头,看到横梁上闪烁的紫色灯光,就像一朵偏狭的丁香花,那是什么?她再次打开窗户,狂风吹进来,恶魔尖叫着,电子烟掉在地上碎了一地。它掉眼泪,她狠狠地笑了笑，又坐了下来。

"坏心眼的小鬼头。怪家伙，坏家伙，瞧瞧您，"魔鬼嬉笑怒骂，"鄙人认为您是一代伟人。但您要说：我没有名著，也没有名曲，也非我出生即遭审判的灵魂。"

"我是一代伟人：我没有名著，也没有名曲，也非我出生即遭审判的灵魂。"哲学正在牙牙学语。

"对，就这么说，吓他们一跳吧！没人想让您受苦，除了您自己。鄙人来帮您忙啦！鄙人于您膝下服侍您，我们寻求的是同一个东西——我们想要脱离痛苦，我们都在寻求宁静、自由和幸福。这就是我们要找的。而且您知道在哪里可以找到这些。鄙人为您堵塞。鄙人正在为您攀登高峰，"它那小小的声音响起，鼻子里还在冒烟，"鄙人奉献了一切，成为一个魔鬼，鄙人出现在您面前，而您恰好看着我。您看着我，就成为一位施舍者，这是您的才华。您要去给予，可是要警惕自己给予的心，给予的心是傲慢的心，您若是因傲慢而给予，那您就成为当之无愧的施害者——不用您忧心，鄙人是您的标杆，鄙人替您掌舵，鄙人是您与匮乏与贫困之间的屏障。"

"照你这么说，傲慢者一定会通往匮乏。"

"是的，毫无例外，他们都是匮乏的，他们与匮乏交媾，被匮乏吸干灵魂，剩下一个空壳一张肉皮。您的仆人为您攀登。

你准备好放弃自己了吗？您准备献身了吗？献身的第一步是抛下激情。"它学习着方言，像个临时的语文老师。它从房梁上蹿了下来。

"写吧，哲学，记下鄙人的名字。抛下激情，燃烧自己，从节日中逃离吧。"

她迟迟不动笔。

仿佛正在上演一出剧目，魔鬼再次变了模样，这是它的本领，它那巨大的旋转火轮一般的耳朵，发出噼啪的柴火声，它的牙齿又小又多又红，好像石榴籽。魔鬼撅着屁股骑在一匹小马上，嚷嚷个不停，说当你长大后，你的嘴里就充满了抱怨。它为什么不骑个人呢？魔鬼和马咔哒咔哒奔到了哲学姑娘脚下，扬起了小小的尘土，她竖起耳朵听它讲话。它胡言乱语。

为什么不写？

——伟大的哲学女士，您就是思索本身啊！您却妄图医治您自己吗？痴心妄想！痴心妄想啊！所以鄙人来觐见您。但还是要说一句，凡事靠自己，您生不逢时啊，要是您出生在鄙人那个年代，你会是最威严的人。但在这个喧闹时代，您只能当一个苦闷的学生，为世人的蠢笨与荒谬垂泪。而鄙人终日惶恐，再这样下去，您的肺子要出毛病，而鄙人要吓破胆。我们两个住在一起是要生病的。鄙人打算让医生来治病。可那医生只围绕着节日转圈，于是为了您的健康，鄙人得自个儿当个医生！"

哲学姑娘的病似乎更重了。她透支了自己的体力，她瘫倒了，气喘吁吁。

"走吧，我什么都不写，你走了，我就忘掉你。"

"那可不行，您得记下来、抄下来、描起来、收起来……鄙人走了，您就没有乐趣了。所有人都病了，您得去治病。所以鄙人一定要见您。鄙人不认为谎言来自我。"

魔鬼下了马，将缰绳拴在了桌腿上，它低下头抹眼泪，泪水是一个接着一个的小火花："别用眼睛找我。老鼠来自老鼠，您觉得眼睛来自什么？你还认为那些谎言是我说的？没有什么会无缘无故诞生，也没有什么会无缘无故消逝——您要知道，恶业并不会延迟一个混蛋的诞生。"

她的确得记下它，当哲学姑娘决定将此事拖延到周末时，人的精髓猛烈地向她的身体低语：别傻了！动起来！于是她站了起来，站在地毯上看着魔鬼，心中涌起一阵反抗的冲动。我得记下它的名字，不然它就没了。她又颓废了一会儿，再次翻开稿纸，写道："魔鬼落在了你们的眼里。"

"鄙人是一小块小小的冰块，顺着春天的河水走，你无法挡住我。你写了，但写得不多，再写一点儿。"

它想要钻进来，但是她用衣服蒙住了头，它蹲在不远处，眼珠咕噜噜转着。因为趴在纸上，她的鼻子和眼睫毛都被染成黑色了。她感到疼痛，感到火焰，察觉到它似乎留下了一个烙印。我应该去治病，激情已经去给我找医生了。等等，她真的是去找医生吗？难道她不是去参加节日了？不，不，我不能听信它的谗言。她觉得医生不过是借口，它是来诱骗她的。它想让她写它希望她写出来的文字。人们流着汗，气喘吁吁挤开了她的门。他们惊慌失措，大喊大叫。他们第一次用那种目光看着她，仿佛她躺在烧红的铁架里头。

"完了！是疟疾！"

她猛地站了起来，椅子摔在了地上。她握住自己的手。牧民们哀号，羊群也在哀鸣。她撕碎了纸，爬了起来，但魔鬼那长长的尾巴绕着圈，把哲学姑娘拴起来了。我不能躺着不动，哲学姑娘想。她的脸肿了，她蹲下，把袜子捞出来，试图把它们拉到脚上。魔鬼喋喋不休，它变了，它又变了，它赤身裸体，瘦骨嶙峋，端着一小碗茶，它是房间里唯一的问号。它的嘴巴里说着什么——我们又来了！哲学姑娘吓了一跳，她踢翻了靴子。这个魔鬼把碗放在火上，让水在火的中沸腾。魔鬼擦了擦地板，将她挤开，还试图让她坐下来。然后它跪在她的两腿之间，对着她的干燥的会阴唱起了大败局，她不得不躺回床上。那个魔鬼欢快地站起来，拿起一勺茶，尝了一口。哲学姑娘张开嘴，她不去擦鼻涕，等着它们把水放到她嘴里。她聆听了来自她家乡的歌曲。因为有了爱恨，便有了牵引，因这牵引我们出生，我们留了下来，驻足于此。人们向那些死光的圣人们致敬。它们说失败的英雄才算是好英雄。

人们离开。门又被关上了。

这盛大的日子里，在节日的黑暗中有一物浮现。它仿佛要启迪蒙昧，孱弱的身躯上写满了焦虑的文字。脸像是刮过，高高的颧骨唯恐落后。激情姑娘向北走，她在地上行走。她来到乡间，她看见花盆底盘和废轮胎里一动不动的花蚊子，于是边走边抹眼泪。这个地方并不破旧，但可怕的是——这种腐烂的气味，尽管砖头都闪闪发光的，干净整洁，但对她来说太可怕了。好像有一个倒着走的时钟挂在顶棚，一切都往下走。在这儿你无法前进。在田野间徘徊的人们感到安详幸福，他们的灵魂无法捕捉她的爱。这是一个多么让人心碎的表达。他们受到坏主意的限制，因此只能吻自己的手背。阴谋的魔鬼紧紧跟在她身后，明年它将带来一只带斑点的小狗。

"你最好别跟着我。"激情姑娘说。她满头大汗，急着找医生。它却横插一脚，问激情姑娘青年时代的理想。它说它擅长占卜。激情姑娘伸手拽住了它的尾巴，发现里面有一根坏透了的骨头。

魔鬼说:"鄙人曾亲着您的脚背,宣誓忠诚坚贞,宣誓自律与自虐。您还记得我吗?"

"你骗了谁都骗不了我。"

"您要不带一丝遗憾来,您要不带一丝遗憾走,因为您是激情,尽管我割去下体遮住脸庞,伪装成瘦削的年老鳏夫的模样,您却一眼识破了我的伪装,这是您的决心。所以,无需客套,您尽情地折磨我,用您的革命之心折磨我们吧。您非在探求,而在狂欢,这有什么奇怪的,因为您是激情啊,您是金子,您是激情,而您流淌的血液是信仰的桥梁——而我是您的消夜,是您的固执,我是您的遮挡,啊,鄙人死去的躯体是您的字迹。一切为时已晚吗?不,虽然人们天真的笑容一去不返,虽然太阳已经下山,但昆虫将带来点点的光芒,它们消化自己的脑子,让碎屑发光。我理所当然也是那蚊虫之一,可是现在,您却用憎恶的目光盯着我。您错了。"

"我错了?对,我错了!我错了,你才好豢养我。"

激情姑娘在这种颓丧的气氛中醒了过来,她赶走了蚊子。从路的另一头进来的不是风和灰尘,而是一些并不平整的景观。我不能后悔,她想着,他们渴望的是成为我的拴绳,让哲学之死成为一个终点,这可不行。啊,这只小野兽,一只在碱土上的黑老鼠,偷吃牛羊的——坏蛋!她再次揪住它,她又抓住它了，她用力扭动它的小手和小脚，在乡村带起了一种迷茫的狂欢。魔鬼谈道：

"您背井离乡，无人关照，真是可怜。鄙人对您心生怜爱。您要领我走向美妙之境。"

"你是怎么出来的？你到底是什么鬼东西？"

"毋庸置疑！毋庸置疑，我将为你战斗到死！请您像是信任自己的双脚一样信任鄙人。"

"我当然信任你。"

"不，您可没有。激情最会撒谎。"

激情姑娘捧腹大笑起来："哈哈，小垃圾，说个没完，是你这个小皮条客，你个油嘴滑舌的小东西，像小狗一样跟着我，趴在我脚下，说要帮助我，却反而来怀疑我、审问我？"

激情姑娘踩住了它的脖子，不让它张嘴。痛苦的声音从她的脚下传来，她质问它："省省你的幼稚吧。你总是绊倒我，我不能在这里和你打闹了。"

"哎哟，女儿，好痛啊！饶了我。"

"我不能放过你，你来这儿，是为了叫哲学死。"

它说："与哲学无关，那向来是您的借口。我是来启迪您的。"

激情姑娘松开脚，它爬了出来，它继续说："节日结束时，我才会离开。在此之间，我会为您带来一股世俗之风，紧随着的是快速的复苏之风。"

"复苏什么?"

"复苏您,我是来启迪您的!"

"哈哈,你继续说。你总要说点儿什么才安心是吗?"激情姑娘双手抱胸,大笑着讽刺它。

"我是来提醒您的,哲学与节日是虚构的——您何必为了一个假东西而雀跃呢?"

"你错了,我来找医生。我当然知道,哼,我还以为你有更好的见解呢。"

"不,你不是为了医生而来,您是为了节日而来的。若是您为了医生而来,您早就抛下我了。"

它真可怕。它在审判她的心。

"住嘴!"激情喊着。

它说我是来帮助和服务你的,如果你愿意,把我放在你的行李箱里。于是激情姑娘弹奏起手风琴来,并让它跳舞,它甜蜜却寡言,热情地迎接了音符,交错着双脚跳起舞来。

"我看它是个魔鬼。"激情姑娘边弹奏边思考,魔鬼对我百依百顺,对着我空空的座位磕头,它们又惭愧又可怜,会将全部的粮食给我,但这不过是漫长的铺垫,最后它们会绊倒我,然后叫来一群一模一样的魔鬼吃光我的肉。小心点儿。这是什么？一个令人心碎的微笑。这是病人的微笑。我要为一个微笑而受苦了。我还不如无动于衷，她想，可马上否认了自己。冷漠的人足够多了，冷漠的人才是痛苦的人。欢快的人怎么可能有一颗冷漠的心呢？

雨后，道路上淌着水，但是这地方满是沟壑，积水很快就消失了。天空上多处修补的痕迹，下起雪来。激情姑娘面色红润，在飘雪中看着自己醒目的倒影。人们竟然收拾东西准备回去了，激情姑娘流连忘返。这群人把洒脱当作早安，懊悔则是晚餐，真是可怜，我不是他们中的一员。可我真的是激情吗？哲学真的生病了吗？耳畔响起欢笑声，激情姑娘渐渐醒来，发现魔鬼趴在她耳边。激情跟着它走，来到一所门诊，却发现医生也是魔鬼。它在桌子上乱涂乱画，装聋作哑，但仍在写处方。激情姑娘咒骂它的虚伪。

"你耍我，"她愤怒地质问，"你敢耍我？"

"我的阴谋在哪里？指给我看。我想全心全意地帮助您。"

她指着它的鼻子说："发誓吧，说你没有撒谎。"

"那些话您听听就好了，您将任何一个人放在同样的位置上，他们都会说出一模一样的、分毫不差的话，这些许诺都是固定的。"

"你在写药方？"

"是的。你生病了。你来买药。"它戴着眼镜,口袋里有一支蜡笔。它的脸上挂着柔和而亲切的笑容。

——谁?你说谁有病?

"您来这里,难道不是因为酸疼的牙齿、发烫的脚掌?那只猫在那里打呼噜,像个叫花子?而您就憋着一股气来到这里了?"它递给她一份手写的食谱,看着它,激情姑娘觉得事情变得模糊不清了,一只没有名字的魔鬼,在生了病的哲学耳边嘶鸣。它死死纠缠着她,准备与她同归于尽。我不能被它打倒,不能她在那儿流血,我却在这里珍惜自己冰冷的心。所以我是一个无懈可击的坏家伙?激情姑娘思考自己是什么样的人。当她还是个孩子时,她认为自己刻薄,但现在她认为自己善良,她从那个变成了这个,旧的那个还在吗?因为她比孩提时有了更多的同情心,她对人类惊人的困难有了更多的理解和同情?

"怎么现在生了病的成了我?你真不可信。"

"好吧,您没生病,那么您是为了给谁看病呢?"魔鬼问。

"哲学姑娘。"

"不,你是为了参加节日庆典。"

"我不记得了,到处都是饮料……不,我来找医生,给她看病。"

"您是为了节日来的。"

"胡说八道，闭嘴，魔鬼，"激情姑娘在房间里徘徊，"我们谈论的不是同一件事。"

"您为了哲学吗？那您为何奔着节日来了？不不不，鄙人的意思是——你必须与你是谁决裂。"

激情姑娘回过头来，脸色疯狂红润，但嘴唇苍白而干燥。"我在你眼里像是一头蠢猪吗？你在拿我取乐？"她问道。

"您看起来不像。但也快了——除非你与你曾经的理念决裂，否则你就是那一成不变的节日的一部分。人们一开心就要宰了你吃。"

"放狗屁的节日！我告诉过你我来这儿是为了给哲学治病。为什么你总是提起节日？"她又转身了。

"因为您得离开哲学姑娘，她在消耗您的心，您在节日里，我也在您心头。您现在看我——鄙人是个医生还是个魔鬼？"

激情的眼睛盯着它的第三条静脉，她不假思索地说："无所谓，我总能明白。"

魔鬼对她如此公开坦诚地承认自己的才华感到愤怒和震惊。

——您承认自己是个节日狂欢者？

——那你是否承认你是一个节日？激情姑娘问。

——什么？

——你是一个节日吗？

魔鬼被吓了一跳，这是何等深刻的理解与质询！这几乎让它打战。激情啊，毫无节制的、凶险险恶的激情啊！伫立在廊前的，以友爱和享乐为名的激情啊！您竟以孩童般的信心恳求着苦难，盼望着苦难为您带来喜悦；您竟将脸埋在水火中呼吸，您竟等待阳和启蛰，等待着死猫叫起来。您的猜忌在于您自身，您乐于濒亡，您歪歪扭扭倒在哲学的肩膀上。您将自己舍弃在乡村里，舍弃在蚊田中，您春心萌动，您将幼稚的游戏看作庄严的典礼，但这里只有倒塌的猪圈。您还在快活地沉睡……与其猜忌我，不如拷打我，魔鬼在泥土中洗了脸，然后它把自己的背贴在墙上，与激情姑娘对视，然后她也依偎在墙上，依偎在自己的胸前，依偎在那个魔鬼身上。他们准备面对面谈谈。

——您在说什么？

魔鬼说，我既不是一个节日，也不是一个节日的狂欢。

"撒谎，"激情姑娘说，"你是一个节日，你在操纵我。"

"您终于承认节日的存在了吗？"

激情姑娘咬牙切齿："鬼东西！"

"死人刚刚下坑，所以鄙人不是在给您下命令，鄙人只是在建议。"

"建议我离开哲学姑娘？"激情姑娘的声音像一把刀一样刺穿了魔鬼的心，她不容置喙地说，"我不用离开谁，因为谁都算得上是我。"

"死人都在坑里。您呢？您怎么想？人能否注视自己的尸体？"它问她。

"当然，因为世界是物质的。"

"既然世界是物质的，人如何看见自己的尸体？"

"既然世界是物质的，那么人死后怎能空无一物呢？"她像火一样燃烧自己，它只好虚弱地说："您为何要这样害我？好吧，您去找医生吧，去找医生吧，给哲学治病去吧。您得离开了。所有人都要松一口气。"

激情姑娘走了，她想知道更多的秘密，并决心从此不为这些秘密担心。她走在寻找真正的医生的路上。魔鬼的尾巴让海滩充满湿润的火光，森林的树叶在薄雾中窃窃私语，在异乡客地，寂静的、狭隘的房间里的一朵郁金香引起了一场辩论。当这一切结合在一起时，远处的薄荷就成熟了，生出一群年轻、快乐的花朵。它们是柔软、新鲜、娇嫩的花朵。在经历了许多不愉快的花言巧语之后，它们准备从自己的眼里剜出几个字。激情姑娘在这执拗的目光里迷失了方向。当魔鬼准备冲出铸币厂时，激情姑娘急忙踩住了它的尾巴。魔鬼又变了一个样子，还在装睡，它的眼睛闭着还在说梦话。她哽咽着，她咳嗽得上气不接下气。它嘟囔着说，芦花快死了，山上没有雪花了，它张嘴呻吟着，把尾巴和手指捏在一起。

"最近怎么总是见到你？"

"道理其实很简单。伤害人的纸片比镰刀更多。但人们给孩子们的是纸屑而不是剪刀。"魔鬼以一种梦幻般的语气说话。

激情姑娘上下打量它："你打扮得花枝招展，一旦做了坏事，你就会夺拉你的尾巴。"

"你在薄荷花上徘徊，我这就给你让路。"

"别骗我，不然有你好受的！"

"当然——绝对没有！"

"医生究竟在哪里？"

"哈哈，您竟然还在节日里找医生？来吧，来吧，我带你去。鄙人带您去医生那儿。"

于是，魔鬼又把她领走了，她以为她能偶遇医生，谁知薄荷丛的尽头是一个漆黑的牢房。"你要把我关起来！"激情姑娘拧它的肉。哦，原来如此——它害怕，它心里打鼓！她尖叫着，朝它脸上和它的小屁股打了一拳，决定立即离开。魔鬼开始落泪，它蜷缩着趴在激情姑娘的胸脯上。它乞求并抓住了激情姑娘的耳朵。"鄙人认为，你是大师，哲学是客人。你怎么能说自己与哲学是一伙的呢，你怎么能说您与哲学同在——这真让我心碎。我的存在是为了提醒哲学的缺陷，并建议她不要傲慢。

您是哲学的恩人,方圆几十里,我叫哲学感谢你——这是我的责任。您得蔑视她,蔑视是激情的美德,藐视是人类的责任。"它说,"鄙人认为您是高贵而完整的,每个人都应该崇拜你。"

"闭嘴,胡诌乱道的坏蛋。"激情姑娘撬开了它的牙齿,想找出谎言究竟藏在哪里,她什么都没有找到。它扭身跳了下来,跑进了黑漆漆的房子里,激情姑娘立刻去追赶它。

"把你的目的告诉我。缠着我,偷我的东西。骗我,装成医生,扮成节日、挑拨离间,还挑衅我们!为了什么?"

"谢谢你,谢谢你,祝贺你,祝你长寿,"它终于开口,"我是为了节日。我只为了节日。你们受骗,它才辉煌。"

听了这话,激情姑娘抱着肚子哈哈大笑:"你在说什么蠢话?"

它精神抖擞:"我没有骗你。我为此准备了午餐——一场盛宴。您要参加,哲学也要来。"

"我正要去瞧瞧她。"

"您得和她分开了。你们再也见不到彼此了。"

激情姑娘突然感到瘙痒和刺痛,她弯下腰卷起裤腿,发现腿上多了一个红红的鼓包。蚊子隔着裤子吸了她的血。魔鬼站在漆黑的牢房的正中间,只听一声巨响,她回过头,牢门已经被关上了,她不知道自己是什么时候走进牢房的。疟疾啊,只有魔鬼在燃烧，它像是一个小火球，照亮了整个牢房。它又拎着它的战利品爬到了激情的胸口，它咬着激情姑娘并哭闹个没完。这次激情没有撬开它的牙齿，她发现牢房里只有一扇窗户，有人频频走过窗户并尝试着打开它，但窗户从里面锁紧了。他不依不饶，绕着窗户徘徊。乍一看他黑暗的影子，人们会误以为他是一个开朗的人，他生活在节日里，以其雄辩而闻名，但实际上，他是个羞怯的人，他羞涩的样子让人思疑他的品性。忘记他的人从未质疑过他，而记住他的人则认为他与我们分享了他的哲学和激情。他有些跛脚，这是一种从军病吗？我们可以肯定的一点是，他对我们来说是多么的熟悉；他一定是我们中的一员。

第十二次相遇：在同一只眼里

那是在二○○四年，妹妹嫁人了，而我在外地读书。学期末，我和一群同学兴致勃勃地去酒吧畅玩，品着酒，唱着歌，跳着舞。随后，我独自坐在卡座内，凝视着眼前五光十色的灯光，以及那些美丽而善良的人们，沉浸在愉悦之中。我不由得思考，或许此刻的快乐是前所未有的，那时候我刚刚拥有了自己的爱人，名声逐渐崭露头角，钱包里鼓囊囊的，无人见我不是点头哈腰，未来看似一片光明，似乎一切心之所向皆可成就。然而，就在那快活的一刹那，如同一根刺扎进我的脑海，我突然产生了一个念头——这一切我都不要了。

并非经过深思熟虑，也非事前计划的一部分，我并未预见到自己会做出这个选择。我毅然决然地休学，开始了我的逃亡之路。所有人都以为我疯了。我在街头徘徊，我成了个流浪汉。朋友们想借些钱给我，还给我租了一个马队，他们个个忧心忡忡，他们盼着我知错，也盼着我搞出个奇迹来瞧瞧。我没有要钱，也没要那些马。我这样待了一年，他们就心急如焚，看我看得有些厌烦了。后来我们没再见过面。道德败坏不再折磨我，责任的负担消失，罪恶感迅速褪去，我似乎重获自由，但不过是从驴头挪到了驴尾。我是在奉献，还是在讨饶？我那傲慢的心让我贫血，让我越积越多。

那段日子我时常坐在草墩上，听沿途牛铃的叮当声，除了荨麻疹我毫无收获。我远离家乡，那个绘有鲜花的村庄，那条郁郁葱葱、咆哮着的绿色河流，那片清澈而透明的土地，我来到这里，只见一片漆黑的山谷，同是村落，只是满山蚊虫；这里风和日丽，万物萧条。我将要迎来漫长的、充实的挑战，可这一模一样的日子我究竟经历了多少次呢？我竟然盼着让光越远越好，我总为自己的年轻而欢欣鼓舞，我明白我愚蠢而彷徨……我远离我的家乡，来到这里——我想到了很多人，有些人我只见过一次，有些人从我记事起就和我在一起，有些人我还记得，有些人我已经忘记了，而我就在他们中间，我们都是有名字的人。他们中有的默默地从我身边走过，有的像刀子一样在我心里留下印记；有的一生只见一次，有的人死后才遇见。留在我们回忆中的究竟是些什么？

我闷闷不乐地跋涉前行，我丝毫不松懈地思索他们的品性与典故，这绵延不断的思绪本身成了一种积疾，我赤脚往西边走，一匹马跟着我，金灿灿的马尾扫着我的脸，我毫无目的，灵光乍现。我沿着池塘遛弯儿，经过茂密的坚果树和隐藏在地下的奇怪而淫秽的果实，我越行越远，内心充满了一种奇异的怨恨。我怨恨这日光，怨恨这似乎无法停滞的时间流逝。自从我抛下一切，我便对无关紧要的人怀恨在心，希望一切都在我眼前明了。我希望拴住每一个为我卖命的人，我对人与人之间的爱没有信任，可当我失去信任后，反倒是变得更加热情开朗了。我心中没有任何信仰，却装成自己笃信一切；我什么都要怀疑，却伪装成什么都不怀疑。我正在用一种没有毒性的毒药来救济自己——那就是思考，我通过思考来信解自我与他人。我听到自己身体里的一声怒吼，很快就被一滴唾液般的毒药要挟了。我坐在湖旁潮湿的石子上，新生的跳蚤跃上我的膝盖。

或许果真如人们所说，在常俗的另一头，有个永不腐烂的东西。我通过人们的言谈看见了，但如何前往那里呢？通往那里的路上是否遍布着可怕的折磨？我因常俗而生，我是个爱打寒战的人，这世上自有先知和伟人，他们有着常人难以想象的坚定的决心，他们可以承受这种折磨，也最终到达了路的那一头，我渴望成为那样的人。可出于一种消磨时间的心态，我步入常俗，对生活的这种心不在焉成为一种可怕的力量，一切离奇的、不可思议的事情接踵而来。

就在那时，或为了劝导我，或为了摧残我，我见到了我死掉的舅舅。

她正路过租摊，我一路跟着她走，她在左起第四个摊贩前站定。摊铺里走出一位老人，黑得像块炭，光头，三角眉，鼻翼有痣。她笑着打招呼。我听到一声呼唤，老人呼唤她的名字，他喊个不停，就像那名字要落下。他叫她阿穆尔。阿穆尔中等身高，黑头发黑眼睛，她脸型圆润、眉心有痣，她笑起来会露出自己无雕琢的乳黄色牙齿。她给我买了一篮子芒果。那芒果的香气就在我鼻尖飘逸。我简直像活在梦里。她接走我，给我喝了点儿热茶，她提醒我不要再追寻，她要我庄重地干自己的事情，要我继续回去读书，写作，完整我的研修。

这句话叫我格外担心。阿穆尔的降临提醒我春天将逝，而我们要走泥泞的路；她也点醒我：我们为少年人做了那么多，却不要立传，是因为这些贡献归其根源，根本就不是我们着手操办的。

舅舅为何反反复复来到我身旁呢？他是在拯救我，还是在吊慰我？我是一只有毒的小虫，而她是吃毒虫的孔雀，她将我吞入体内，却神奇地未受一丝伤害和损减，反而她的羽毛变得更加鲜艳了。对此本领，或是天性，她并不做任何说明，那么，她其余的本领，便是我不可想象的了。我明白她巡游在我四周，就如此前的十余次相遇一般，她从未离我而去，她时刻准备为我清洗双手。

我们均得乐于这种晤见，但我还是拒绝了她。我认为她的看护于无意中恭维了我，她的照料也于无形中滋养了我的自尊。我决定不跟随她，我故意疏远她——可奇妙的是，这个冷落她、离开她的选择竟然出于我想要接近她的欲望。

与她道别后，我接了一通父母的电话，却听不清他们在说什么。就这样消沉了几天，我决定去找点儿活干。我去了海拉尔，在镇子里的敖力召管家给我介绍了工作，我给人修摩托。我就住在马场外，我在那儿干了三年活。

三年后我再次遇见了她。那时候马场外停着好几辆雪地摩托车，履带磨损得厉害，我摇了摇摩托车，发现油箱还有一半的油。我翻身坐上去，试着启动它，因为都冻上了，我试了好几次都失败了。我听见人的脚步声，我看到有两位妇女带她来，现在她们已经转身回到了帐篷里，留下她一人徘徊。她没有在雪地里留下脚印。她看起来安分守己，只露出牙齿笑了笑，她低头看看我的眼睛。戴着又厚又高的毡帽，那帽子上的带子很长，绕着头缝了两圈才收进去。她那隐隐约约藏在毡帽下的眉毛是一声亢奋的大喊，两只眼睛则如精灵一样轻盈地转动着，她侧耳聆听我的脸庞。乍一看她总觉得普普通通，越看越心生佩服，仿佛要被她的未解和宁静驯化。

"原来你跑到这儿来了！"她开怀大笑起来。

她在前面走，我在后面跟着，她把手抱在怀里，像是抱着一张遗照。珍珠般的山峰被灌木丛围绕，湖泊的水面宽广明净，路边的蒿草被人铲倒，下午四点左右，有人开车把它们运走，送到湖边烧掉。她是来送草的吗？那时仅仅三点，工人们还未下班，她怎么突然跑到集市里来了？她肯定不是无缘无故来的，她出现在这儿，出现在雪坑里，她环绕着我打转，必定有其深意。她在那里，是因为她应当在那里，犹如山峦应当在水边一般。她多么可爱，她从不祈求出路。

四周青草刚刚从雪里冒头，令人感受到一股恬静之美。温情与混乱相交织，远处劳作的牛群都洋溢着煽情的英雄气概。一路上我们都在谈论奉献精神，大谈献身主义的深度和美丽。一抹惊人的悟色使我在狂喜中死去，叫我死去，然后她的爱又将我唤醒。我如此渴望挨近她，是因为她用一种近乎野蛮的方式将我从一种无聊的态度里拉扯了出来。我觉得每一日每一夜都是无聊的、乏味的、辛苦的、毫无疑义的。我觉得有一种神秘的力量在消耗我、削弱我，我分明什么也没干，却被疲惫所淹没，我无法安然入睡，只能被嘈杂的思索所扰。于是她来了，为我展开一种详尽的远景，同时也是易变的远景，她为我描绘了一种美好的未来，那个美好未来里一切都是完整如初的，每个人都喜笑颜开，每个人都关心着彼此。遂人心愿。她多一点儿欲望少一点儿天赋。她少一点儿忧郁多一点儿平衡。我怀疑她一直冲着我假笑呢！我没有什么可反驳的，之所以脑内的真相扑朔迷离，只是因为思想的真菌在里面安了家。她似乎不谙世事，甚至模糊不清——她不是一个幽灵，而是窗外的黑月亮。

我们走在枯萎的青豆田里，她端庄地停泊在了长满了冰霜的土地上。她似乎郁结于心，但我明白那只是我的幻觉。她摸了摸我的胸脯，又摸了摸我的脸，好似我是一头野兽或是一只鸟的标本。寒风呼啸，大雪纷飞，巨大的太阳高高在上，白色、深邃、灿烂，在黑暗中沉默不语。太阳只是她皮肤上的一个小雀斑。修理工们从摇曳的烈火堆中站了起来，他们说要去砍柴，却只是把手伸进帽子里擦汗，说自己的头冻得发僵。他们站在一座巨大的推土机旁，拍了拍帽子上的雪花，他们舔他们冻裂的手指头，人都散尽了。我们还留在这儿。我们又回到了摩托车旁。

"我看是油箱和履带出了问题。你的耳朵是怎么了，是不是碰着打猎的人了？"她问我，因为我的耳朵在流血。

"是鸽子啄的。"

"这儿太远了，太冷了，虫子不去蛀冷硬的树木，反倒是去蛀温暖的人心。我带你去个好地方。"

她宽容我,说要带我走。雪地摩托车都是老式的手拉车,机器冻得厉害,但她似乎毫不费力。她一台接着一台试,最后她选中了一台,她踩着踏板,用力拉了两下启动器,摩托的轰鸣声响起。她拉我上去,她要带我去哪里?我们一起骑着摩托兜风,她不管方向,只是向前开着。她要去一个没有名字的地方。我眼前仿佛有无数盏灯正在默默燃烧,灯光是缥缈的、朦胧的,光线重重叠叠,慷慨地给予人灵感与希望。再次看见她可爱的面庞,听到她清澈的话语,我的灵感开始涌现。我应该学习她,可是我无法学习她,我只能成为她,若是我学习她、模仿她,那就像是我在捏着鼻子寻找灵感,灵感成了悬在我吸气之前的宽恕——我不能只是灵感的尾巴。换句话说,如果我灵感的复活只是灵感的结果,那这种"灵感"是靠不住的;我不能充当灵感的尾巴,而要成为灵感本身。

天气太冷了,车的速度很快,当摩托车驶出弯道,突破风雪时,她的身影变得模糊,我听到一声哭号,感到双眼刺痛,只看见广袤的白茫茫中的一片片不怀好意的阴影。大雪依旧在割裂着这片土地,摩托车的轰鸣炸响在耳边,地平线处似乎扬起无数双手,是谁,是谁在向她致意?您好——您好——是谁在向我致意?我觉得天要将她压垮,这些致意的手拉扯她,放开她，将她包围，从她这儿散开。是谁在向她、向我致意？又为何向我致意？这致意只是短暂的回忆，在雪中的日里闪耀。我们也同样在闪烁，因为我们是光，我走在死人堆里，我身边尽是死了又死的人，人们心头铺满了厚重的硕石，我不过是走在一片空旷的土地里头，我甚至不是走在上面，我走在里头，而且我将要继续走下去。这巨大的痛苦太过弥散，却也太过深沉，我想躲离这些力量，却发现这些力量如此根深蒂固，它遥远，它固执，它叫我爱自己、叫我惊讶、叫我带着自己的名字死在这片土地上。人们不断重复过往，何时才能与自己相见呢？那只致意之手，鬼使神差地出现在岁月的森林中，我看到我们的祖先诞生在光明和纯洁中，他们因饥饿而显快乐，他们在阳光下为我宣讲真相。我还在思考她，我在她的脑海中发现了我。

不知行驶了多久，磨损的履带开始不受控制，车子的管道里很快就挤满了雪，我们不得不停下来，用手掏空管道里的积雪，调整履带的位置。我的耳畔似乎再次响起了她的声音，雪越下越大，风越来越凶猛，不祥的征兆已经开始显露，灾难如阴影笼罩着我。我们的脸和耳朵都冻伤了。我们裸露的皮肤已经剥落，我预见了四只鲜血淋淋的手。她不再挖雪地摩托车里的雪，而是用冻僵的手掏出了怀里的火柴。她滚烫的身躯越加滚烫，她点了一支烟，她只吸了一口，烟就灭了。她的嘴唇在流血，那张冻伤的脸肿得闪闪发亮，她的帽子、鼻子、睫毛上全是雪花，我只看到她的笑脸。她摸了摸我，她一声不吭，她也许要丢下我，就像丢下一个婴儿；她也许要解放我，就像解放一个奴隶；她也许要爱我，就像人们爱着磨难；她也许要恨我，就像人们恨着真谛。她秘而不宣地征服了我。我看着她，不再随意去评断她，我将她当作自己的妹妹，我将自己的眼睛放在她身上。她也看着我，仿佛我们第一次见面似的，对彼此充满了好奇和喜爱。她像一粒尘土一样柔和平凡，温情地注视着我。

或许她根本不是个圣人，或许她是一个鬼魂，我遇见的是一个鬼魂。阿穆尔还是阿穆尔吗？我真的找到阿穆尔了吗？她真的是我舅舅的亡魂吗？来到我身旁的或许只是一个屠夫吗？那不是真正的阿穆尔。我为何会遇见虚假的鬼魂呢？她丢下烟头，将我拉了起来。她翻身上了摩托，我们继续行驶，可是未能前行太久，前面已是冰原，履带脱落，摩托车摔在了冰面上，我们双双坠落。我感觉膝盖传来剧痛，我躺在地上，尝试着站起来，但每一次弯曲膝盖，都剧痛难忍。逐渐，我的小腿也失去了知觉，脚掌仿佛与地面相连。我不再挣扎，我知道发生了什么，我们倒进了雪中，我感受她的身体，她已经开始发烫发热。她脱去了厚重的大衣和自己的单衣，她赤身躺在雪中，也褪去了我的衣服。我们的体温渐渐消失，风雪正在蚕食我们，雪一直在下。我已经没有力气奔跑，筋疲力尽，四处渺无人烟，我们也摔断了腿。我们寸步难行。我眼前只有白，我感觉那白快要成了黑。我们的眼睛火辣疼痛。我们等待失明，等待光线斑驳，知道大雪将要褪色。她究竟是谁？她是我！她是我吗？

火光闪烁，天空中的照明弹让一切都如白昼，远方的雪猎犬在狂吠，黎明时分行军的矮马在咆哮，人蛇在响，口哨声此起彼伏，枪管和皮带相撞，刺刀星光熠熠，这些刺刀的刻痕里还在沸腾着未干的血液。进入波浪中的蛇匍匐前进，牛群被捆绑在铁链上，长长地扫了我一眼，我的心在狂跳——这是鬼魂。这一定是鬼魂。比起暴风雪，鬼魂更有可能带走我。猎犬们看到我，大声嚎叫，口水都没有了。厚厚的积雪覆盖了狗和马的脸颊。气温变得很低，雪也积了厚厚一层，我为冰天雪地的无限美丽和自由所折服，我被大自然惊人的美丽和自由所震撼；从冰凉的风浪中走出来的美丽，那些刺眼的条纹……风暴或鬼魂，谁吃了我并不重要。我不把它放在心上。我忘记了我的权利和义务，忘记了所有的誓言和谎言，人与雪暴毫不留情地追赶我、肆意吞吃我，一片空白充斥着我的头脑，只记得那些相同的敬意、相同的生命。这些名字……

我终于明白她要带我去哪里了。她要我成为死亡的开胃小点。我感到口干、恶心,可惜已经晚了,我早该发现我们在一起了,我早该发现咱们俩在一起……突然她拽住我的耳朵,她紧贴着我的脸,在我耳朵里悲号,随之而来的是亡魂的鼓吹。她那张友善的脸在瞬间就变了,她仿佛变了个人,变得庞大、恐怖,从她的眉毛到她的眼睛、她的嘴唇,一股奇妙的力量倾泻而下,你注视她,仿佛被堵上耳朵、剥除了嘴唇,声音从肚脐里钻进去,又在肠子里乱窜。当她指了一个方向,那沉甸甸的骨头破开的空间里,风许久不敢前来,在那片空白里,人们的眼睛得以停留。别低头,别低头,走在我前面,或者走在我后面,我们得走在一起,去同一个地方。她悄声说,她必须让人们走下去,一直走下去,走一条没有尽头的路。我的怒火自始至终都在燃烧,我用力撕咬她的鼻子,而在这狡猾奸恶的怒火正要起舞的一瞬间,她又给它添了一句台词,那就是欲望:她大汗淋漓,鼻头湿润——这份迷狂与欲望像刀子一样挺进我的心头,让我转过头,看向了另一个人。这人不是她的阴影之下的我,也不是我自身的阴影,这人是我们的集合,这人既是我又是她,也是花花草草,是这个世界上的所有人。我未来得及将她的怨言留在心头,也来不及再看一遍,我意识到我们在相爱,我明白我们在交媾,我们在两息之间猝死,而这与仇恨融合在了一起。

雪花在上空飘扬。人们依旧不间断地工作。我再次醒来时，身体撕裂般疼痛，我看见门锁在外面。门底下有个留给老鼠往来的裂缝。门上的一块木头从里面被切开，这切口也许来自外面，也许来自喜鹊的啄食，这本身不可见的线条多么有趣。将门锁轻轻一拨，门就咯吱咯吱开了。我看见阿穆尔站在里面，她不知在干什么。见我醒了，她亲了我很多下，还握着我的手不放。一个驯鹿走了出来。他的脖子还是湿淋淋的。他对她说："把衣服脱下来吧，血水冻僵了，一会儿化了就流到领子里了。"她脱了皮大衣，他接过衣服，挂在了衣架上。现在，就连火堆也变得寂静了。驯鹿人让她坐好，他重新替她看伤口，他找了半天眼镜，好像看不清她了。

"是狗找到了你们。你俩差点儿死了。"

屋子里闷热得让人喘不过气，火炉冒出了杂烟，这恼人的烟味烤着袋子里的干豆子的臭味，让这彻底的冬都遭到了贬低和妨障。他仿佛是个漠然的旁观者，他找到了眼镜，将手里的针重新泡在了酒精里，他看着针头沉了下去，他自己则一动也不动——但他也在下沉。他给从酒精里重新取出了针，给她缝合伤口。当伤口缝合完，他又拿来伤药，涂在了她的伤痕上。他走了，去煮萝卜汤。炭火的熏香，炉子就在她脚边。场景变化不停，整张地毯都像活的一样发着热气儿。她坐在我身边，我与她一起歌唱。她坐在那里拨弄着手里五边形的琴，琴里薄薄的铁片互相摩擦，琴音美妙，咕嘎咕嘎，仿佛天鹅在歌唱摇篮曲。我们一起唱了一首歌，她将琴递给我，我也轻轻拨动它，让胸腔唱起歌来。我闭上了眼，摇摆着身体，双手划动，沉浸在音乐里。她不觉得冷。短促的怨气和怒气传遍全身，掺杂着蔓延不断的腹热，使人难辨真假，这种盗窃般的感情叫她闻起来辛辣刺鼻——但这种感情和气味几乎在我察觉到的一瞬间就消失了。感情爆发于她之内，她却毫无在乎，并不受其影响。为什么我没死？她早就知道有人要来，还是雪突然停了？

"你怎么不带我走了？"我问。

"我这不是带你来了？"

"你说要带我去个好地方。"

"咱们已经到了。"她畅快地笑起来。

"这怎么可能呢？"

"当然，因为日出日落一个方向。"

这话叫我惊到不能再惊，她清甜的话语滋润着我干渴的喉咙。我抬起头看她，她也注视着我们。她的唇角挂着笑容，这无关文字，也无关体态，正是这精神欢愉的广阔与寂寥给了她力量。她瘦削，双颊塌陷，但她是如此镇静、安稳，她就是一朵开在山上的花，简直在发光。她太美了，她平静且警惕，警惕却又是全然放松的。她不以奇迹激发我的信心，但她展示自己的威力，这爱的威力叫我臣服。一切都发生在它该发生的地方。今天的太阳、风暴、眩晕的爆发，还有那些陈词滥调，一切都是短暂的——即使这些声音来了又走，即使声音来来往往，这些可以被看见的、无法被看见的都依旧是短暂的。她来到我身边，她走近，挨近，融进我，与我成为一体。她寻求灵感来拯救迷失在人类记忆中的灵魂们。我有了强烈的感受。我必须找到空虚的感觉。它的出现和消失的事实。我还未下定决心，只好赞美她的真实，听了这些好话，她就用她柔软的嘴唇亲吻我的额头和脸颊。

阿穆尔看着我，我看着她的眼睛，它们如镜面一般倒映着我，倒映着这个世界，我恍然想，这是否也是我的眼睛呢？她注视着我，便是我注视着我自己。有一只眼睛，我看见一只眼睛，这只眼睛是我自己的眼睛，这只眼睛无处不在，它在我的眼睛里、脑子里、心里，在她的衣襟，在泥土里，在天空，在小草中，在凡是看得到的，在凡是被看的，甚至在它本身里头。事已至此，随着秒针推动，我目视着她，她的身影倒映我眼中，我却神奇地感知到了她的感受、她的情感、她的思想。甚至她的每一个细胞的旋转和颤抖都无比清晰。她的连贯成为一个谎言，她是分解的，她是片刻的，她是从未停顿的一段歇息。她的确是她，可她又不只是她。可之后的事情如何呢？以前的事情怎么样呢？或者如今，现在又如何呢？这些事情这些想法全都变得不关紧要了。

她似乎在倾诉，但我什么也听不见，我看着阿穆尔，我竟然找不到她脸颊的边界，她像是波纹一样荡开，她的脸蛋和墙壁融为一体。

我于其中看到光芒、流水、波纹和数不胜数的生命，不可思议啊。此时，我见她的每一面，都像是第一面。我眼前的阿穆尔，每时每刻都是一个崭新的阿穆尔。我不再追逐，我只专心注视着她，我用崭新的眼注视着崭新的她。评断与记忆如水流过，如今它们显得多么粗糙，多么令人发笑，多么虚无缥缈，这是一根棍棒，就打在我的脊梁。我炸开了锅！突然之间，毫无征兆，一切都变成了我。我看着眼前的阿穆尔，我试图找出我们之间的区别，却什么也找不着。甚至房间里的一切——灯光、架子木桌、天花板和墙壁，摇摇晃晃的窗玻璃——那些细细的沙子、温度、味道，一切都交融在一起……当我凝视对面的人、星空、鹿群，乃至更遥远的地方时，我所见的仍是自己的眼眸。这是一只眼，这是同一只眼。分离只是幻觉。因为我们是相连的，我们是刹那间的轻波，我们倒映在自己的眼中。我们的每一次相遇，都是我与我自己的会面。

　　天地顷刻一变，我正在透过声音去聆听虚空，耳中的噪声美若妙铃，眼前的每一处都在散发华美的光芒，万物之美流入我心。这一切千变万化，美不胜收，趣味无穷，仿若一场孩子的游戏。一种难以用言辞来形容的喜悦充盈我的内心。我摸索着她荡开的身影，我感知我们的合一与无二分别，一呼一吸都充满了快乐。我难以置信，反复询问自己，我真的获得了一切吗？这只发生在一刹那，当我回过神来时，房间里已经蒙上了一层金黄的暮色，时间过去了多久？

　　我的骨头长好了，冻伤也已痊愈。我呆呆地看着阿穆尔。我看见她已经蜕了一层皮，她的眼睑垂下，她的嘴唇萎缩，她衰老，她迟钝，但她并不惊奇，并不凄切。而窗外葱葱绿绿。新生的鹿群正在缓缓走动。春天了，一株娇嫩的柞树伸展着身体。门一开一合，火的殷实不为眼睛所见，有些人就在不远处，并不仔细看着我们，他们哀求着彼此，"我明白了，您想让我赞美柔软……那些柔软、疲倦的脸……"他们倾听彼此的话语：不，不要赞美，您看那些脸，向内看……你要看到它，接受它。你看到那些脸，那些人……并说这是我。这条路很漫长，让它诞生，并献给死而复生的人们，在它之上，爱的咒语有两种译法。

我们来到湖边，我们看到了青蛙，还看到蜻蜓，鸟儿们呼唤游走在这片土地中的游魂，等待我们醒来的那一天。于是我们一起唱歌、跳舞，我们一起做各种游戏，我们在草地上打滚，滚了一身泥巴，欢快的声音传遍整个湖泊。我们发现了一只大天鹅，它用尖嘴啄着自己的羽毛，随着天鹅洁白的翅膀的展开，水珠于落日中闪闪发亮。我们走过驯鹿人的墓碑，我看见在那棵高大的尼拘律树下，生长着一簇簇火焰般的红花，它开得绚丽夺目，令人目眩神驰。一群水鸟翩翩起舞，掠过它们飞向远方。我不明白我从何开始，又从何结束，我在展开、蔓延，我突然变得好大……我的确在展开，而这是没有边界的，随着这种扩展，我能感知到的一切都成了我，与此同时，一种决心也开始在我之内诞生。人无需凭借信心与决心后的举动，而仅仅凭借信心与决心激荡起的涟漪，便足以改变这个梦幻的、多变的，辗转牵连的世界。

"自学成才的人一生会经历两次快乐的时刻。"她说。

"哪两次？"

"第一次是聚合，第二次是离散。"

空旷的空间被她填满了，她依旧令我感到讶异。有如此深智、谦卑、思虑甚少的人，她扮演一个角色，从不敷衍了事。她轻盈、干净，不冷漠，不回避，从不多说；她很少长粉刺，排泄物也很少，声音有时纤细，有时洪亮，更多的时候是甜美动人的，只要她讲话，所有人都会跑去听。她这样的人，在我身边，毫不起眼。她有时受人敬仰，有时遭人唾骂。她游舞人间，她已到达一种境界，或者说一种境界来到了她身旁。她死了，她不是永恒的，她无法永生，她死了就是她死了，因为她从没来过。

我们的舅舅消亡了，在渐渐消解的坚冰下，鱼群机警而欢快地穿梭。悱恻、冗长做作的二十年过去了，阿穆尔已履行她倾听的义务，在憩息处安息了，而我将继续履行我蠕虫的差事。我匆忙地散步，去写一些广告词，替人规划牧场，我有大把大把的时间研究食谱、打扫卫生，我懂了这滋味，平淡的生活与我合作，我也积极配合着。生活似乎一成不变。偶尔我接到妈妈的电话，她就劝我："空气真好啊，大自然真美，人还是要生活在可以闻到泥土气的地方，要闻着花香，人的心才能太平。你身旁的植物和动物都是煮熟的，你难道不感到自己悲哀？快回乡下来吧。"